KB025894

우리 참 많이도 닮았다

우리 참 많이도 닮았다

이남옥 지음

북하우스

사랑한다면 용기낼 수 있다

몇 해 전 본 드라마에서는 첫 번째 결혼에 실패하고 재혼한 주인공이 다시는 실패를 반복해서는 안 된다는 신념으로 결혼생활에 최선을 다하지만 결국 파탄을 맞게 되는 내용을 담고 있었다. 주인공의 굴곡진 삶과 별도로 내게 감동을 준 것은 그런 주인공에게 비판 없이 그저 힘이 되어주고자 하는 가족의 모습이다. 부모와 언니는 위기를 겪는 주인공에게 옳고 그름을 따지지 않고 모든 결정을 따라준다. 충고나 가르침을 주는 것이 아닌 그저 함께해주는 것, 그것이 바로 위기를 겪는 사람들에게 줄 수 있는 최고의 도움이다. 이를 통해 스스로 위기를 딛고 일어설 수 있는 힘이 생기기 때문이다. 이것은 관계가 가지는 놀라운 치유의 힘이다.

사람은 대화 없이 살 수 없는 것처럼 사람과의 관계 없이는 살아갈 수 없다. 관계란 생존의 필수 요소이다. 13세기 신성로마제국의 황제, 프리드리히 2세는 남부 이탈리아에서 끔찍한 실험을 진행했다. 그 실험은 막 태어난 아이를 유모와 함께 밀폐된 집에 있게 하고는 아이에게 먹을 것은 주되 말을 하거나 놀아주어서는 안 된다는 조건을 만들고 그들의 성장을 지켜보는 것이었다. 그랬더니 그 아이들은 모두 죽거나 극심한 정신적·신체적 불구가 되었다. 관계가 생명유지와 직결되어 있다는 결과를 보여주는 실험이었다. 그 이후 이루어진 수많은 연구들도 인생의 위기를 극복하게 하고, 건강을 되찾거나 건강하게 살아가도록 하며, 성취력을 최대화시키는 요소는 바로 '관계'라는 것을 밝혀냈다.

최근 한 연구에서 어린 여학생들을 대상으로 다음과 같은 실험을 했다. 여학생들은 한 사람씩 대중 앞에서 짧은 연설을 하도록 요구되었다. 그들은 모두 세 그룹으로 나뉘어졌고, 첫 번째 그룹의 여학생들은 연설이 끝난 후 엄마에게 바로 전화를 걸 수 있도록 하였다. 그리고 두 번째 그룹은 연설이 끝난 후 현장에 와 있는 엄마에게 가서 안길 수 있도록 했다. 또 세 번째 그룹에서는 연설

후 영화를 한 편 볼 수 있도록 했다. 그런 다음 혈액검사를 해보았더니 이 세 번째 그룹 여학생들의 혈액에서 가장 오래도록 인체에 해로운 스트레스 호르몬인 코르티솔이 남아 있었으며, 나머지 두 그룹의 여학생들의 혈액에서는 스트레스 호르몬의 양이 급격히 감소하는 것을 볼 수 있었다. 코르티솔은 장기적으로는 사람의 면역력을 떨어뜨리는 특징이 있다. 이 실험 결과는 타인과의 관계를 통해 수용과 공감을 받는 것이 건강과 얼마나 직결되어 있는지를 잘 보여준다.

그중에서도 가장 중요한 치유의 힘을 가지는 사회적 관계는 바로 가족이 제공한다. 가족이라는 지지체계가 심리적인 불안을 감소시키거나 큰 수술 후에도 빠른 회복을 하게 한다는 사실은 여러 차례 증명되기도 했다.

함께하는 것만으로도 위로와 안정감을 느낄 수 있는 것이 가족이지만 우리가 살아가면서 가장 많은 상처를 주고받는 것도 대부분 부부, 가족 등의 가까운 관계이다. 가깝기에 더 많은 기대를 하고 남들에게는 보여줄 수 없는 상처와 치부도 드러낸다. 그리고 그 기대와 보살핌이 충족되지 않으면 더 상처받게 마련이다. 가까운 관계라도 서로에 대한 배려와 존중이 없다면 멀어질 수밖에 없다.

가족문제는 각자 어린 시절 경험한 부모와의 관계와 그때 받았던 상처가 지금의 문제로 이어지는 경우가 많다. 이 사실을 이해하고 서로에 대해 공감하고 존중함으로써 문제 해결의 실마리를 찾아야 한다. 가까우니 굳이 표현하지 않아도 내 모든 것을 이해할 수 있는 것은 아니다. 가깝기에 더 노력해야 하고 끊임없이 나에게 맞는 관계의 거리와 깊이를 찾아야 한다.

나를 찾아온 내담자들은 관계의 수많은 파고와 광풍이 몰아칠 때 엄청난 용기를 끌어내어 자신의 과거, 현재와 마주한다. 불편한 원 가족, 불행한 부부, 힘든 자녀와의 문제를 풀 수 있는 것은 결국 상처받은 나와 화해하고, 따뜻하게 나를 안아주는 일이다. 그 여정은 때로는 끝이 보이지 않는 지난한 평행선이고, 상상해온 해피엔딩이 아닐 수도 있지만 내 삶을 있는 힘껏 사랑하고 끌어안는, 가장 의미 있는 노력이다.

차례

프롤로그   사랑한다면 용기낼 수 있다 4

PART 1   내가 왜 그러는지 안다면

가장 나다워지는 순간 13
내가 왜 그런 행동을 할까 20
진짜 나 자신이 원하는 것 31
있는 그대로도 충분하다 37
간절히 안기고 싶었던 아이 44
감춰둘수록 더 커지는 상처 51

PART 2   내 존재의 시작, 내 아픔의 이유

우리 안에는 가족이 있다 61
불행하기 싫다면서 왜 68
제발 멈춰, 상처의 핑퐁게임 74
아내 위에 엄마, 이건 아니잖아 80
엄마, 그만 나 좀 놔줘 85
이제는 홀로 서고 싶다 93

PART 3   우리가 어쩌다 결혼하게 되었지

가까운 듯 먼 듯 균형 맞추기 103
우리가 우리답게 사랑하지 못하는 이유 110
나 자신을 더 사랑할 수 있게 만드는 만남 115

늘 나만 나쁜 사람이 되지 122

결혼이 모든 사랑의 해피엔딩일 수는 없다 128

이미 마음은 떠났다 133

PART 4 구멍 난 빈 자리 메우기

이제 엄마를 이해할게 143

우리는 왜 이렇게 닮아갈까 150

어른이 되어서도 공감은 필요하다 156

넌 내가 가장 사랑하는 딸이야 162

똑똑한 사람들이 가족에게 저지르는 실수 168

내 꿈이 나를 치유할 때 173

좋은 아빠는 혼자 되지 않는다 178

PART 5 다시 시작하는 발걸음

내가 좋아해주는 만큼 특별해지는 삶 185

절망의 늪을 건너는 법 193

당신이 그랬으면 참 좋겠다 199

최면을 걸듯 조금씩 바꾸어보기 204

두 번째로 해야 하는 일 208

옳고 그름보다 심리가 좋아하는 것 214

꽤 괜찮은 나를 발견하다 221

PART 1

내가 왜 그러는지 안다면

*°
◇

생애 초기 부모에게 부정당한 그에게는
무의식중에 깊은 상처가 드리워져 있었다.
상담 과정은 아주 어린 시절부터 거슬러 올라가
자신이 충분히 가치 있는 존재로 받아들여질 수 있는 것에
의미를 두었다.

가장 나다워지는
순간。

"왜 이렇게 늘 저에게 맞지 않은, 불편한 옷을 입고 사는 것
같죠."

어느 날 상담 중에 그가 불쑥 뱉은 말은 그의 무의식에 자리 잡
은 본심이었다. 그리고 그는 잘못된 관계를 바로잡고 자신에게 맞
는 삶을 찾고 싶다고 말했다. 그는 왜 이렇게 관계의 어려움을 겪
고 있는 것일까?

그는 아내로 인해 결혼생활을 유지하기 힘들다며 상담실을 찾
아왔다. 경제적으로나 사회적으로나 지위가 있는 부모님 밑에서

성장한 아내는 젊은 시절에 모델 일을 했을 정도로 빼어난 외모를 지녔고, 두 사람 사이에는 초등학생 자녀가 둘 있다고 했다. 아내는 높은 생활수준과 양질의 자녀교육을 위해 많은 생활비를 요구했는데 남편은 이러한 아내의 요구를 들어주는 것이 버거웠고 그 요구를 들어주지 못하는 자신이 부족하게만 느껴졌다.

남편은 결혼 이후 아내의 요구를 끊임없이 맞춰주었지만 아내는 쉽게 만족하지 않았고, 남편에게 고맙다는 마음 역시 갖지 않는다고 했다. 돌아오는 것은 여전히 남편의 능력이 부족하다는 핀잔과 비난뿐이었다. 남편은 아내가 점점 더 높은 생활수준을 요구하면서도 정작 자신은 아무런 경제활동도 하지 않는다며, 아내는 자기도취형에 이기주의자라고 평했다.

늘 아내에게 비난만 듣던 남편은 최근 다른 여자를 알게 되었다. 그 사람은 아내와 달리 자신을 이해하고 위해주는 사람이라고 했다. 아직 깊은 관계로 진전되지는 않았지만 남편은 새로운 사람에 대한 끌림과 아내에 대한 의리 사이에서 고민을 하고 있었다.

상담을 하러 찾아온 남편에게 나는 아내와 함께하는 부부 상담을 할 것을 권했다. 하지만 아내는 절대 상담에는 오지 않을 것이라고 했다. 결국 우리는 부부 상담은 포기하고 남편의 개인 상담을 통해 부부관계를 살펴보기로 했다.

우선 아내에 대한 이야기는 많이 들었기에 남편 자신에 관한 이야기를 들어보았다. 남편은 어려운 가정환경에서 둘째로 성장했다. 부모님은 경제적으로 늘 쪼들렸고 자주 부부싸움을 했다. 어머니는 첫째인 형에게 의지했고, 아버지는 막내인 여동생을 가장 아꼈다. 남편은 부모님의 관심과 인정을 받고 싶어 항상 열심히 공부했지만 부모님의 평가는 인색하기만 했다. 그럴수록 부모님의 인정에 목마름을 느꼈다. 이런 성장 과정 속에서 남의 인정을 받기 위해 열심히 사는 것은 그의 본능적인 선택이기도 했다.

"같은 가족이지만 가장자리에서 맴돌고 있는 느낌. 저는 형과 여동생과는 달라야 했어요. 그들이랑 똑같이 하면 뒤처지는 거예요. 제 존재는 보이지 않는 거죠. 좀 더 잘해야 한 번이라도 봐주시니까. 제 졸업식이 언제인지는 기억도 못하셨어요. 그런데 담임 선생님이 전화를 하셨어요. 제가 상을 받는다고 하니까 그제야 졸업식에 오신다고 하더라고요. 그렇게라도 와주시니까 전 좋았어요. 그땐 왜 그렇게 부모님의 관심에 허기졌을까요…."

남편의 어린 시절 부모님과의 관계와 현재 아내와의 관계를 살펴보니 공통점이 있었다. 남편은 과거에 부모님에게 잘 보이려고 애썼던 것처럼 아내에게도 잘 보이려고 애쓰고 있었다. 성장기 동안 특별한 관심을 받지 못했던 남편은 공부에 두각을 보이고 부모님의 어떤 요구에도 바로 응하는 방식으로 자신의 존재감을 알렸다. 그럴 때 부모님이 다른 자녀들과 비교하면서 남편이 가장 착하다는 이야기를 해주면 기분이 좋아졌다. 착한 아들, 공부 잘하는 아들이라는 칭찬으로 남편은 외로움을 이겨냈다. 그런 태도는 서서히 자신의 특징으로 자리 잡았다. 아내에게도 왠지 더 많이 해주면 자신의 진가를 알아줄 것만 같아 경계선 없이 무조건 잘하려는 태도를 반복했다.

남편은 어린 시절부터 스스로 만들어온 자기만의 관계 패턴에 묶여 있었던 것이다. 어린 시절 정착된 관계 패턴은 일생 동안 반복되는 특징이 있다. 그것이 고통스러웠음에도 말이다. 남편은 자신이 겪었던 부모와의 관계 패턴을 아내와도 반복하고 있었고 그가 맺는 대부분의 대인관계는 그런 구조를 만들었다. 특히 가까운 관계에서 그 특징은 두드러졌다. 그렇다면 이제는 아내를 탓할 것이 아니라 자신의 태도를 변화시켜야 했다. 남편은 자신의 문제가 스스로 만든 것임을 깨닫기 시작했다. 그리고 새로 시작된 다른 여자와의 관계는 단지 아내와 부모에 대한 간접적인 복수이며 자신에겐 특별한 의미가 없는 것이라는 점도 인식했다.

우리는 상담을 통해 '남편의 진정한 매력이 무엇인지 알아보는 것'에 집중했다. 이전에는 남에게 맞추고 잘해주는 것을 통해 존재감을 인정받는 느낌을 받았다면 이제는 '있는 그대로의 자신의 장점'을 찾아보기로 했다. 그는 처음에는 어색한 듯 소극적인 모습을 보였다. 하지만 점차 상담자가 찾아주는 자신의 장점과 자원에 대한 칭찬들을 들으며 조금씩 자신감을 찾기 시작했다. 남편은 자신이 남들에게 과하게 잘해야만 인정받을 수 있는 존재가 아니라, 있는 그대로도 소중한 사람, 매력 있는 사람이라는 사실을 깨달아갔다.

다음 단계에서는 남편이 서서히 아내를 좀 더 의연하게 대할 수 있는 방법을 찾기 시작했다. 남편은 아내의 요구가 있을 때마다 자동적으로 응하고 이를 들어줘야 한다는 강박적인 의무감을 느끼고 있었다. 그 요구를 들어주지 않으면 자신이 무능력하게 느껴지며 아내가 자신을 무시할 거라는 생각을 가졌기 때문이다. 아내는 이런 남편의 생각과 행동을 적극적으로 이용하기도 했다. 남

17

편은 자신이 만들어놓은 환상에서 벗어나고 아내와의 관계 패턴에서도 벗어나야 했다. 이런 시도는 마치 뇌 속에서 없던 회로를 새로 만들어내는 것처럼 막막하고 긴 과정을 요구했다.

"지금 제가 잘하고 있는지 모르겠어요. 아직도 요구를 들어줘야 한다는 압박감을 느껴요."

번번이 시행착오를 겪어야 했고 아내와의 부부싸움도 견뎌내야 했다. 하지만 꾸준한 노력과 반복된 시도는 변화를 만들어냈다. 남들의 요구에 무조건 응하지 않더라도 좋은 관계를 유지할 수 있다는 것을 조금씩 경험할 수 있었던 것이다. 가장 반가운 변화는 그전에는 돈을 주어야만 다가오던 아내가 점차 남편의 존재 자체에 관심을 갖기 시작했다는 것이다.

남에게 잘한다는 것은 분명 미덕이다. 그러나 자신의 마음을 외면하고 남에게 인정받고 사랑받기 위해 남에게 잘한다는 것은 심리학적으로 불행한 일이다. 더군다나 가장 가까운 관계인 가족 관계에서 이런 문제가 생기면 삶은 내 몸에 맞지 않는 불편한 옷이 된다.

자신의 마음이 존중받지 못하면 결국 그 끝은 행복하지 않다. 간혹 심리학이 이기적인 가치를 추구하는 것처럼 보이지만 심리학은 이성만이 아니라 마음이 함께 행복한 것을 추구한다. 또 그래야 그 행복은 오래갈 수 있다.

내가 왜
그런 행동을 할까.

자존감은 눈에 보이지 않는 추상적인 심리학적 개념이다. 그러
나 어떤 사람이 어떤 자존감을 가지고 있는지는 한눈에 보이기도
한다. 자존감이 낮은 이유는 사람마다 다르다. 어떤 사람은 어린
시절 사랑받지 못해서, 또 어떤 사람은 외모에 자신이 없어서, 또
어떤 사람은 학력이 낮아서, 또 어떤 사람은 남들이 부러워하는 모
든 요소를 갖추고도 낮은 자존감을 가지고 있다. 원인이야 어찌 됐
든 낮은 자존감은 본인도 타인도 힘들게 한다. 삶의 만족도를 떨어
뜨리는 낮은 자존감을 끌어올리는 것이 심리치료이기도 하다.

자존감이 낮은 사람은 자신에 대해 부정적인 생각과 함께 자신

의 모든 것을 평가절하하는 특성이 있다. 이런 특성은 자신만 괴롭히는 것이 아니라 가장 가까운 가족, 특히 배우자를 괴롭힌다. 아무리 자존감이 높은 사람이라도 배우자나 부모의 낮은 자존감에 휘말리게 되면 함께 정서적 나락으로 떨어지는 것을 자주 보았다. 낮은 자존감에 감염되는 것이다.

결혼 직전에 파혼당한 한 여자가 있었다. 박사 과정을 밟고 있는 재원이며 깔끔한 인상의 그녀는 겉으로는 보이지 않는 마음의 상처가 있었다. 어린 시절부터 극심한 부부갈등을 겪는 부모 밑에서 성장하면서 늘 불안했고, 늘 맞고 사는 엄마를 보살펴야 한다는 생각을 가지고 있었다. 대학을 졸업할 무렵 한 남자를 만나게 되어 사랑에 빠졌으나 결혼해서 행복한 가정을 만들어 나갈 수 있는지에 대해서는 늘 자신이 없었다. 남자는 여자를 지극히 사랑했고 자신이 잘할 테니 믿고 따라오라고 했다. 그러나 여자는 남자가 정말로 믿을 만한 사람인지 의심스러워 늘 확인하고 싶었다. 그래서 불안한 마음을 해소시키고 확인을 받기 위해 남자를 항상 시험하곤 했다. 정해진 약속 시간에 늦어보기도 하고 선물을 받아도 불만족스러워했고 또 아주 하찮은 일에 짜증을 냈다. 그럴 때마다 남자가 받아주고 다독여주면 조금씩 안심이 되는 것을 느꼈다. 하지만 결혼이 진행되면서는 부모가 개입하게 되었고 남자의 부모는 요구가 많고 불안정한 여자의 행동을 거슬려했다. 결국 여자의 행동이 지나치다고 느껴지자 남자의 부모는 이 결혼을 만류했고 결국 남자도 부모의 말을 따르게 되었다. 극심한 마음의 상처를 받은 여자는 상담을 결심했다. 상담을 통해 깨달은 것은 자신의 낮은 자존감이 결국 사랑하는 남자를 놓치게 만들었다는 사실이었다.

조건으로는 완벽한 한 부부가 결혼 1년 만에 파경을 맞은 경우도 있었다. 그들은 결혼정보회사를 통해 만났다. 그런데 막상 결혼해보니 남편은 아내가 시시하게 보였다. 멀리서 볼 때 멋져 보였던 아내가 자신의 곁에 있자 이젠 평범하고 별 볼 일 없는 사람으로 보인 것이다. 늦은 귀가는 물론 집에서 아내가 해주는 밥도 거의 먹지 않았고 부부끼리의 데이트는 단 한 번도 하지 않았다. 결혼생활을 유지하기 위해 잘해보려고 애쓰던 아내는 결국 1년 만에 무너지면서 이혼을 요구했다. 그런데 막상 아내가 떠난다고 하자 남편은 패닉상태가 되었다. 그제야 아내의 소중함과 장점이 다시 보이기 시작한 건 정말 안타까운 일이었다.

이 모두가 자존감의 문제이다. 자존감이란 우선적으로 자신을 사랑하고 존중하는 것이다. 그런데 자신을 사랑하지 못하는 사람들은 자신의 주변도 사랑하지 못한다. 자신의 배우자도, 자녀도, 또 자신이 하는 일도 모두 사랑하지 못한다. 자신을 괴롭히는 것만큼 자신의 가족과 주변을 괴롭힌다. 자존감을 높이는 것은 나만을 위하는 것이 아니라 나를 포함한 모든 사람, 또 내가 살아가는 세상을 위한 것이다.

여름이지만 긴팔의 흰 와이셔츠를 단정하게 입은 젊은이가 상담실을 찾아왔다. 듬직한 체격과 잘생긴 얼굴이 인상적이었는데 선한 표정에서 겸손함과 예의바름이 묻어났다. 그런데 그는 상담 내내 덩치에 걸맞지 않게 의자 끝에 살짝 걸치게끔 불안하게 앉아 있었다. 긴장과 조심스러움이 지나치다는 느낌을 받았다.

삼십대 후반의 미혼인 그는 업무능력이 뛰어나 주변의 인정을 받는다고 했다. 그러나 내적으로는 늘 불안하고 우울하며 자신감 부족과 열등감에 시달리고 있다고 했다. 그런 내적 상태는 얼굴색에 그대로 드러났다. 호감형의 얼굴에 흰 피부를 가졌지만 전체적으로 홍조를 띠어 얼굴빛이 분홍색으로 보였다. 남들은 멋지고 능력 있는 그에게 호감을 갖는 반면 정작 본인은 열등감과 우울함으로 삶에 지쳐가고 있었다. 그는 자신의 이야기를 하기 꺼려 했고 대화를 잘 이어가지 못했다. 상담자의 질문에 성의껏 대답하는 정도로 자신의 문제를 탐색해 나갈 뿐이었다.

그는 사회적으로 성공한 아버지와 아버지보다 서른 살 연하인 어머니 사이에서 태어났다. 어머니는 아버지의 숨겨진 여자인 셈이었다. 그런 아버지와 어머니 사이에서 태어난 그의 존재는 늘 어정쩡했고 주변의 모든 사람들은 그에게 적대적이었다. 아버지의 본부인과 배다른 형제들은 물론 자기 어머니조차 태어나서는 안 될 아이였다며 그의 존재를 경멸했다. 당연히 그의 어린 시절은 우울하고 비참했다. 아버지의 사랑을 제대로 받지 못했을 뿐만 아니라 의지할 수 있는 유일한 대상인 어머니조차 아버지의 숨겨진 여자로 살면서 받는 모든 스트레스를 아들인 그에게 풀었다.

그는 암울한 청소년기를 보냈지만 그렇게 무너지면 모든 사람들이 자신의 존재를 더 무시할 것 같았다. 이 상황에서 살아남는 길은 보란 듯이 잘돼서 존재의 정당성을 인정받는 것이라고 생각했다. 그래서 열심히 공부해 명문대에 들어갔고 졸업 후 좋은 직장에 취직했다. 회사에서는 훌륭한 성과도 냈다. 덕분에 주변 사람들은 그가 매력적이고 능력 있다고 칭찬하며 그를 좋아했다. 하지만 그 스스로는 이를 받아들일 수 없었다. 그는 축복받지 못한 존재라는 생각에 사로잡혀 현재 삶에서도 환영과 축복의 자리는 자신의 몫이 아니라고 믿고 있었다. 또 자신이 열심히 노력해 이 뤄놓은 성과도 이렇게라도 해야 겨우 남들에게 존재감을 인정받을 수 있다는 절박감에서 한 일로 받아들여 그다지 만족스럽게 보지 않았다.

그는 특히 사랑하는 사람을 만나 행복한 가정을 이루는 것에 자신이 없었다. 그는 이제껏 한 번도 제대로 된 연애를 해보지 못했다고 했다. 상대방이 자신의 집안 사정을 알면 결국 떠나고 말거라는 불안감이 컸기 때문에 관계를 시작하면 얼마 안 가 끝이 나곤 했다. 상대방이 자신에게 더 깊이 들어오는 것이 느껴지면 본능적으로 거리를 두고 밀어냈다.

그런 그가 타인이 생각하는 자신과 스스로 생각하는 자신 사이의 괴리에서 변화의 필요성을 느끼고 상담을 선택한 것은 매우 다행스러운 일이었다. 이런 경우에는 상담을 가능한 한 천천히 규칙적이고 장기적으로 진행해야 한다. 그는 쉽게 끝나지 않을 마음의 여행을 작정하고 상담을 시작했다.

"저는 모두가 원하지 않는 존재였어요."

어린 시절, 어머니가 눈빛으로 몸짓으로 끊임없이 그를 밀어내고 거부했다는 것을 그의 무의식은 기억하고 있었다. 생애 초기 기억은 몸에서 기억되고, 무의식적인 차원에서 작동된다. 한 번 각인된 몸의 기억은 쉽사리 지워지지 않는다.

그는 자신은 보잘것없는 존재, 태어나서는 안 될 존재라는 기억에서 벗어나기 위한 힘든 싸움을 시작했다. 어린 시절로 돌아가 부모님에 대한 원망과 분노를 쏟아내기도 하고, 외롭고 서러웠던 시간들을 기억해보기도 했다. 처음에는 마치 남의 이야기 하듯 아무런 감정의 동요 없이 이야기가 이어졌지만 그는 점차 눈물을 보이기도 하고 멍하니 긴 침묵의 시간을 가지기도 했다. 가까스로 밀어냈던 힘든 기억이 되살아나자 그는 참을 수 없는 통증을 느끼는 듯했다.

"세상에서 버려진 느낌, 모든 이에게 거절당한 것 같았어요. 늘 엄마의 슬프고 우울한 눈빛이 제 몸에 스며들어 아무리 해도 털어낼 수가 없었어요. 제가 원해서 태어난 것은 아

26

그는 자신은 보잘것없는 존재, 태어나서는 안 될 존재라는
기억에서 벗어나기 위한 힘든 싸움을 시작했다.

"세상에서 버려진 느낌,
모든 이에게 거절당한 것 같았어요."

니잖아요. 그래도 살고 싶었나봐요. 어떻게든 날 지키고 싶었어요."

그는 점차 자연스럽게 무조건 잘해야 한다는 강박관념에서 벗어나 사랑과 관심에 대한 그리움도 드러내기 시작했다. 이러한 변화는 그에게 매우 낯선 경험이어서 표현을 하고 나면 내가 왜 그랬을까? 바로 후회하는 듯한 표정을 짓곤 했다. 그럴 때마다 상담자인 나는 그를 격려하고 지금의 모습이 자존감이 높은 사람의 모습임을 인식시켜주었다. 화를 내면 안 될 것 같다고 하는 그에게 화는 나쁜 감정이 아니라 지금 그에게 적절한 감정임을 알려주었다. 화가 날 때에는 화가 날 만한 정당한 이유가 있었을 거라며, 차분하게 화가 나는 경위들을 탐색해보곤 하였다. 분노도 우울감과 그리움도 모두 소중한 감정이며 그 감정들이 자신감 있게 밖으로 표현되어야 한다고 격려했다.

그는 점점 편안해졌고, 마침내 결혼해서 가정을 이루고 싶다는 소망까지 갖게 되었다. 그는 존재감을 인정받기 위해서는 업적과 성과도 중요하지만, 마음의 상처와 그로 인한 감정들을 인정하고 소중하게 다뤄야 한다는 것을 알게 되었다.

높은 자존감은 남들에게 인정받을 수 있는 잘난 모습을 통해 얻을 수 있는 것이 아니다. 자신의 감정을 인정하고 표현하는 것, 비록 그것이 못난 자신의 모습으로 비춰질지라도 이성으로 감정을 억압하지 않는 것이 진정으로 자존감 높은 사람의 모습이다. 자존감을 높이며 나를 찾아가는 과정은 아주 천천히 진행되었다. 이 과정을 지켜보며 사람의 근본적인 에너지는 '존재의 받아들임'이라는 것을 다시 한 번 느낄 수 있었다.

생애 초기 부모에게 부정당한 그에게는 무의식중에 깊은 상처가 드리워져 있었다. 상담 과정은 아주 어린 시절부터 거슬러 올라가 자신이 충분히 가치 있는 존재로 받아들여질 수 있는 것에 의미를 두었다. 이미 손상되어버린 그의 생애 초기의 무의식을 완전히 없애버릴 수는 없겠지만 그는 자신이 왜 그런지 이해하게 되면서 보다 건강한 삶에 한 발 더 다가설 수 있었다.

자신의 존재를 있는 그대로 마주하기 위해 한 발 한 발 힘겹게 내딛는 그의 모습은 포탄이 떨어지는 전쟁터에서 살아남아야 하는 것처럼 치열했다. 때로는 상담실에서 오래도록 무거운 침묵만이 흐르기도 했다. 슬픔이 짓누르는 고요 속에서 그는 존재의 시작부터 자신에게 전해지던 한숨, 우울, 후회, 절망, 분노의 그림자를 지워내는 사투를 벌였다. 그는 생을 버티고 살아내며 자신을 지킨 강한 사람이었다. 이제 그는 살아가야 할 많은 나날 속에서 사랑받고 존중받아 마땅한 가치 있는 사람이었다.

진짜 나 자신이
원하는 것.

다양한 사연을 가진 사람들이 나를 찾아온다. 그런데 때로 내
담자의 문제나 갈등 상황을 듣게 되면 간혹 앞뒤가 맞지 않아 이
해되지 않는 이야기를 접할 때가 있다. 주변 사람들이 정신적으
로 이상한 사람들이어서 자신은 최선을 다해 잘해주는데도 폭력
을 휘두르고 폭언을 한다거나, 자신은 행복한 가정에서 사랑받고
성장했음에도 불구하고 심리적 장애를 지녔다고 호소하기도 한
다. 이런 이야기들은 대개 상담 과정을 통해 서서히 방어기제라는
허물을 벗으면서 이해할 수 있는 이야기로 전환되곤 한다. 그러
나 변화의 과정은 매우 힘겹고 고통스럽다. 지금까지 자신이나 가

족에 대해 쌓아왔던 환상을 깨고 인정하기 싫은 현실을 마주 봐야 하기 때문이다.

한 내담자 역시 자기 문제를 설명할 만한 맥락적인 변수들을 거의 완벽하게 억압하고 있어서 그것을 깨는 데 무려 2년의 시간이 걸렸다. 그녀는 귀여운 외모를 지닌 삼십대 후반의 미혼 여성이었다. 그녀는 넘치는 자신의 매력에 홀려 남성들이 자신을 유혹하려 들어 고민이 심각하다고 말했다. 그녀는 모든 남성들이 자신을 쳐다본다고 생각해 얼굴을 거의 다 가릴 정도로 큰 선글라스를 착용했고, 남성들의 시선 때문에 대중교통도 기피했다. 또 어딜 가나 다른 여성들과 갈등을 빚었는데 이는 모든 남성들이 자신에게만 매혹돼 있어 다른 여성들이 질투를 하기 때문이라고 했다.

상담을 통해 그녀가 그런 생각이나 증상을 가질 수밖에 없게 된 경위를 찾아보고자 혹시 성추행이나 다른 트라우마가 있었는지를 알아보았다. 그러나 그녀는 전혀 그런 일이 없었고, 자신은 너무나 행복한 가정에서 훌륭한 부모님의 사랑을 받으며 성장했다고 말했다. 그러다 보니 상담은 언제나 그녀가 현재 생활에서 겪는 어려움을 호소하는 것으로 채워졌다. 그녀는 매주 정해진 상담 시간에 정확하게 왔고 꺼내는 이야기는 회사생활의 고충, 자신을 질투하고 왕따 시키는 여자동료 이야기, 그리고 반복되는 남자들의 접근, 자신에게 보내는 끈적끈적한 불쾌한 눈빛과 이를 피하고자 하는 자신의 고단한 일과들이 주를 이루었다. 하지만 증상의 변화는 그다지 눈에 띄게 일어나지 않았다. 그렇게 2년의 긴 시간을 보내고서야 그녀의 문제와 증상은 서서히 이해할 수 있는 이야기로 바뀌게 되었다.

그녀의 부모님은 서로 마음이 맞지 않는 부부였다. 아버지는 아내의 납납한 성격을 싫어했고, 말이 통하지 않는 여자라고 여겼다. 그에 비해 딸인 그녀는 눈치가 빠르고 싹싹해서 아버지의 사랑을 넘치도록 받았다. 남편의 사랑을 받지 못한 어머니는 아들인 그녀의 남동생에게 집착했다. 문제는 어머니가 아버지의 사랑을 듬뿍 받는 딸에게 아주 미묘한 방법으로 죄책감을 심어준 것이다. 어머니는 아버지의 사랑은 남자의 사랑이고, 언뜻언뜻 그 사랑을 받는 딸은 아주 불결하고 비도덕적인 인간이라는 비난을 눈빛과 말실수를 통해 비쳤다고 했다. 이 때문에 그녀는 천하에 몹쓸 색기를 가진 여자라는 느낌을 가지게 되었다. 그러나 이 모든 가족 역동은 겉으로 표현되지 않은, 무의식적으로 주고받은 상호작용일 뿐이었다. 그녀의 가정은 겉보기엔 늘 행복하고 이상적인 모습으로 포장됐고, 또 그것만을 인식하도록 강요받았다.

긴 상담 과정을 통해 그녀는 마침내 자신과 가족의 문제에 대해 이해할 수 있었다. 자신의 문제는 가족에서 시작되었고 그것이 증상으로 나타났음을 이해한 것이다.

"아빠가 저를 아끼고 좋아하셨지만 마냥 편하게 느껴진 것은 아니었어요. 항상 좋은 모습, 아빠가 원하는 모습이 아니면 거부당할 것 같은 마음이 있었어요."

"그 불안함 속에서 많이 외로웠을까요?"

"네, 불안함과 왠지 모를 불편함이 있었던 것 같아요. 집에 있으면 제가 부적절한 존재처럼 느껴졌어요. 엄마를 보는 게 특히 괴로웠고요. 그래도 마음 한편에는 간절하게 저를 따뜻하게 바라봐주고 받아들여주기를 바라는 마음이 있었던 것 같아요. 저 때문에 부모님 사이가 안 좋은 것은 아닐까 항상 죄책감이 들었어요. 내가 이랬으면 엄마가 더 날 사랑해주지 않았을까…."

가족의 이야기를 꺼낸 후 그녀는 한없이 눈물을 흘렸다. 금기

긴 상담 과정을 통해 그녀는 마침내
자신과 가족의 문제에 대해 이해할 수 있었다.
자신의 문제는 가족에서 시작되었고
그것이 증상으로 나타났음을 이해한 것이다.

시했던 가족의 문제가 분명하게 인식되었을 때 너무나 마음이 아팠기 때문이다. 하지만 다행히도 그녀가 솔직한 자신의 이야기를 바라보고 상황을 이해하기 시작하자, 심각하게 생각해온 고민과 증상들은 점차 사라지기 시작했다. 그녀는 깊은 슬픔을 다 토해내고서야 자신에게 맞는 본연의 모습으로 돌아오고 있었다. 지난한 2년의 시간이 무색할 정도로 자신의 과거를 이해한 뒤로는 놀라울 정도로 빠르게 회복하는 모습이었다. 그녀는 이제 자신을 괴롭히는 것에 대해 냉정하게 거리를 둘 수 있었고 정말 자신이 원하는 것이 무엇인지를 깨달아가는 듯했다.

있는 그대로도
충분하다。

우리는 살아가면서 우리 안의 수많은 목소리를 듣게 된다. 그리고 그 목소리는 제어가 불가능할 때가 있다. 의도치 않게 자신을 조종하는 내면의 목소리가 들리기도 한다. 해보고 싶지만 "넌 할 수 없다"고 말하고, 잘해내고 싶지만 "넌 거기까지야"라고 말한다. 이럴 때 우리는 어떻게 하면 부정적인 이 목소리에서 벗어날 수 있을까.

삼십대 초반의 젊은이는 상담 내내 자신에 대해 부정적인 이야기만 쏟아냈다. 결혼하고 싶지만 여자들이 자기 같은 남자를 좋아하지 않을 거라고 했다. 외모도 별 볼 일 없고 직업도 평범해서 부자로 살기는 글렀고, 말재주도 없어 재미있는 대화도 못한다고 했다. 회사에서도 남들에 비해 눈에 띄지 않는 사람으로 간신히 자신의 업무만 처리할 뿐 창의적인 아이디어도 없고 대인관계가 좋아 인기가 있는 것도 아니라고 했다. 지켜본 바로는 그렇게 부정적인 요소만 가진 사람이 아닌 것 같다고 하자 바로 고개를 저었다. 상담자가 자신을 좀 더 알게 되면 자신이 말하는 것을 인정하게 될 거라고 하였다. 그는 마치 자동적으로 귓가에서 흘러나오는 아주 강력하고도 흔들림 없는 부정적인 목소리를 듣고 있는 사람처럼 보였다. 그 성가신 목소리는 다른 어떤 소리보다 강력해서 그에게 쉬지 않고 부정적인 평가를 하며 그를 정신적으로 학대하고 있었다. 그런 목소리에 시달리면 자신에 대해 수치심을 느끼고 못마땅하게 여기는 것이 당연하다. 이를 벗어나려고 애쓰다 보면 매사에 너무 많은 에너지를 쏟게 되거나 반대로 쉽게 좌절하거나 포기하게 된다.

이런 내면의 성가신 목소리는 어릴 적 경험에서 나온 것이다. 부모와 같은 애착대상에게 자주 듣던 말은 어느새 내면화돼 부모가 없는 상황에서도 녹음기처럼 같은 이야기를 반복해 쏟아낸다. 이 젊은 내담자도 어린 시절 어머니로부터 늘 못한다는 비난과 실수하지 말라는 경고를 들었다고 한다. 결국 내면의 성가신 목소리는 어릴 적 들었던 어머니의 목소리인 것이다.

어머니 같은 초기 애착대상의 말을 거부할 수 있는 힘은 그 누구에게도 없다. 부모의 목소리는 이미 내면으로 들어와 모든 행동을 검열하며 압박한다. 언젠가부터 떨쳐버릴 수 없는 내면의 목소리는 끊임없이 자기비판을 하면서 '더 빨리' '더 능률적으로' '더 완벽하게' 해야 한다고 자기 자신을 채찍질한다.

우리를 성가시게 하는 내면의 목소리는 세 가지가 있다. 걱정과 비판을 일삼는 부정적인 목소리, 지나치게 남의 마음에 들게 애쓰라고 하는 회유의 목소리, 매사에 겁을 내고 새로운 시도를 두려워하게 만드는 회피의 목소리가 그것이다. 이 모든 목소리의 근원은 바로 부모가 자녀에게 어린 시절 반복했던 말들이다.

부모에게 부정적인 말과 비판을 자주 듣던 사람들은 일을 할 때 항상 끔찍한 결과를 상상하고 걱정을 많이 한다. 자신의 자녀가 자신감이 없다며 상담을 하러 왔던 한 어머니는 본인 스스로가 걱정이 많고 비판적인 사람이었다. 자녀가 밖에서 뛰어놀아도 놀기만 하는 아이 같아서 창피하고 우연히 참관한 공개수업에서 아이가 조용히 있는 것을 보자 발표력이 없는 것 같다고 걱정했고 아이가 친구들과 편의점에서 컵라면을 사먹는 것을 보자 건강에 나쁜 음식을 먹는 게 마음에 안 든다고 하였다. 라면을 먹고 건강이 나빠질 거라며 어머니는 작은 일을 보고도 최악의 상황을 걱정했다.

그런가 하면 부모가 자녀에게 말을 잘 듣도록 지나치게 종용했던 경우에는 그 자녀가 남의 마음에 들려고 애쓰는 사람으로 자라게 된다. 이들은 남의 감정에 지나치게 민감하며, 인정받으려고 자신이 견디지 못할 정도까지 애쓰다가 지치곤 한다. 부모는 자신의 말을 잘 듣고 따라줄 때만 인정과 보상을 준다. 그렇게 되면 자녀는 아주 작은 일에도 어머니의 의견을 우선적으로 따라야 한다. 옷을 입을 때도 어머니가 좋아할지 우선적으로 생각해야 하고, 취미를 가질 때도 자신의 기호보다 어머니가 좋아하는 취미를 선택하게 된다. 이런 부모들은 자녀가 다른 의견을 가지면 애정과 관심을 거두어버리고 은근히 죄책감을 가지게 만든다. 그러다 보니 자녀는 자신이 뭘 원하는지 알 수 없게 되며 매사를 남의 눈치를 보며 결정하고 따르게 되는 것이다.

또 부모가 자녀의 실수에 대해 지나치게 혼내거나 화를 내면 그 자녀는 회피의 목소리를 듣게 된다. 실패가 무서워 아무것도 시도하지 못한 채 현재 자리에서 벗어나지 못하다가 게임이나 술에 빠지는 형태의 자신만의 도피처로 도망가게 되는 것이다.

이런 부모 밑에서 자라면서 억압적인 성장 과정을 보낸 사람은 성인이 되어도 늘 듣던 부모의 목소리에서 벗어나지 못한다. 그러나 어린 시절 부모에게 긍정적인 이야기를 듣지 못한 사람이라고 해서 영원히 희망이 없는 것은 아니다. 그럴수록 스스로 자신만의 목소리에 귀를 기울여야 된다. 이 젊은 남성의 경우 어린 시절에 만들어진 내면의 목소리, 즉 내면 아이의 목소리를 성인의 목소리로 전환하는 것이 필요했다. 상담 과정은 인내를 필요로 하는 일이며 경우에 따라서는 장기적으로 진행되어야 한다.

그는 다행히도 꾸준히 상담에 임했다. 우리는 우선 그를 작아지게 만드는 아이의 목소리가 어디서 나왔는지 밝혀내고 마음의 상처와 그로 인해 고착화된 심리적 방어기제를 이해해야 했다. 그러기 위해서 그가 어린 시절 느꼈던 감정을 따라가 보기로 했다.

"어떤 감정을 느꼈을까요? 어떤 말을 들을 때 특히 슬펐나요?"

"서서히 나는 그럴 수밖에 없는 사람이라고 생각했던 것 같아요. 제가 자주 듣던 말이 '너가 그럼 그렇지, 너는 늘 이렇다'는 말이었어요."

그리고 그가 좌절했던 감정을 만나 공감하고 위로했다. 그런 다음 자신이 추구하는 성인의 목소리를 찾아 갔다. 듣고 싶은 새로운 목소리는 마치 자애로운 어머니가 자녀를 소중하게 다루듯이 자신의 감정을 수용하고 공감하며, 자신을 세심하게 배려하는 목소리였다. 어머니가 해주지 않은, 그러나 너무나 듣고 싶었던 이야기를 내담자는 스스로에게 반복해서 말해주었다. 처음에는 너무나 어색해했고 실감나지도 않는다고 했다. 그 목소리가 내면화되는 시간은 꽤 오래 걸렸다. 상담을 하러 올 때마다 가져오는 에피소드들을 짚어보면서 우리는 과거 어머니의 목소리와 새로운 내면의 목소리를 비교해보았다. 과거 어머니의 목소리가 자동적으로 작동되었다면 새 목소리는 의지로 인식시켜야 했다.

"넌 맨날 왜 이러니?", "넌 할 줄 아는 게 없어." 이런 말들이 튀어 올라오면 그는 "아니야, 난 괜찮은 사람이야.", "이만하면 잘했어"라는 말로 스스로를 다독였다. 오랜 시간이 걸렸다. 하지만 점차 그는 서서히 듣기 싫은 내면의 목소리에서 벗어날 수 있었다. 그리고 "잘할 수 있을 거야!", "잘하려고 노력한 것으로 이미 된 거야!"라는 새로운 목소리를 더 자주 듣게 되었을 때 우리는 기쁜 마음으로 상담을 종료했다.

상담을 하다 보면 필연적으로 내담자의 부모와 어린 시절에 대해 이야기하게 된다. 심리적인 상처나 문제의 근원을 부모에게 돌리는 것 같아 모든 부모에게 미안한 마음이 들기도 하지만 인간의 마음을 최초로 형성시키는 사람이 바로 부모라는 사실은 너무나 자명하다. 생애 초기의 기억은 이렇게 강력하게 자리하기에 부모의 역할은 상상 이상으로 크다. 다 큰 성인이 되어서도 따라다니는 어린 시절의 뇌에 깊이 각인되어버린 기억….

'있는 그대로의 나'를 인정하고 존중할 수 있도록 그 기억들을 돌아보는 과정은 힘들지만 나를 위해 꼭 필요한 시간이다.

간절히
안기고 싶었던 아이。

애정결핍은 심리학 전공자가 아닌 일반인들도 많이 사용하는
말이다. 늘 애정을 갈구하지만 정작 애정을 나누는 것은 어려워하
고 또 버림받는 것에 지나치게 예민해져 있는 사람들을 일컫는 말
이다. 애정결핍은 상담을 찾는 많은 사람들이 갖고 있는 심리적인
어려움이기도 하다. 애정결핍의 근원을 찾아가는 심리적 작업은
매우 긴 시간을 요하는 인내의 작업이다.

애정결핍에 관해서 기억나는 한 내담자가 있다. 그녀는 자라면
서 가족에게 한 번도 포근하게 안겨본 적이 없었다. 집안 분위기
는 부모의 부부싸움으로 늘 긴장상태였다. 그녀는 위로 형제자매

가 다섯 명이 있고 여섯째로 태어난 막내였다. 앞서 태어난 다섯 자녀조차 제대로 건사하지 못하는 상황에서, 부모는 여섯째로 태어난 아이를 키울 만한 여유가 없었다. 그녀는 그 누구의 특별한 보살핌도 받지 못한 채로 성장했다.

그녀는 혼자 알아서 살아가는 것에 익숙해졌다. 남에게 기대는 것은 꿈같은 이야기였고, 남을 배려하거나 남에게 다가가는 것도 배울 수 없었다. 인생은 그저 혼자 살아가는 것이라고 나름대로 터득한 채 살아갈 뿐이었다.

결혼 적령기를 조금 넘겼을 무렵, 그녀는 주변의 성화에 못 이겨 결혼하게 되었다. 큰 기대는 없었지만 행복이란 것을 조금은 느끼게 되었다. 사랑과 보살핌을 받고 싶다는, 예전엔 포기했던 욕구가 슬금슬금 올라왔다. 어쩌면 남편이나 시댁 가족이 자신을 안아줄지도 모른다는 기대가 막연히 생겨났다. 그러나 그 기대는 신혼 초부터 무너지고 있었다. 아무도 그녀를 돌아보지도, 안아주지도 않았다.

예전과 다른 게 있다면 자랄 때와 비슷한 상황이 되면 남편에게만큼은 참을 수 없는 분노가 올라온다는 사실이었다. 그럴 때마다 그녀는 남편에게 분노를 쏟아냈다. 그러면 시원함과 답답함을 동시에 느꼈다. 가려운 곳을 긁으면 그 순간에는 시원하기도 하지만 더 가려워지고 상처도 깊어지는 것처럼 남편을 향한 분노가 부질없음을 알면서도 멈출 수 없었다. 그녀의 '상처 긁기' 행위는 강박적으로 반복되고 있었다. 그리고 남편이 단 한 번만이라도 진심으로 자신을 안아주면 이런 반복행위는 멈출 것이라고 생각했다.

그녀는 용기를 내서 부부 상담을 신청했다. 그러나 부부 상담에서 남편은 전혀 다른 이야기를 하고 있었다. 예상치 못한 일이었다. 남편은 도저히 아내를 안아줄 수 없다고 호소한 것이다. 안아주려고 다가가면 아내는 화부터 냈기 때문이었다.

실제로 아내는 남편이 다가올 때마다 화를 내고 있었다. 누군가에게 안기고 싶지만 동시에 안길 때마다 남을 밀쳐내는 그녀의 행동은 매우 이율배반적이었다. 우선은 안긴 상태가 어색하고 불편했다. 익숙하지 않았기에 이 상황은 낯설게만 느껴졌다. 어색한 상황은 빨리 벗어나고 싶기 마련이다. 게다가 이 달콤한 보살핌이 언젠가는 사라질 것이라는 불안과 그에 따른 두려움 때문에 좋아하는 마음은 늘 제동이 걸렸다. 행복한 것은 자신의 몫이 아니라는 생각이 들었다. 또 이제야 다가오는 남편이 원망스러웠다. 그렇다면 남편이 언제 다가와야 했을까? 신혼 초 아니면 그 이전이었을까? 사실 남편과의 문제가 아니었다. 시작은 부모였다. 어렸을 적, 그녀는 간절히 부모에게 안기고 싶었다.

"포기했어요. 부모의 사랑은 기대도 안 해요."

그녀는 말로는 부모의 사랑을 포기했다고 했지만 무의식에서는 포기한 것이 아니었다. 남편에 대한 분노는 실제로는 부모에 대한 분노였다. 다가오는 남편을 밀어내는 행위는 부모에 대한 투정이었다. "나 좀 안아주지 그랬어? 내가 그때 얼마나 애타게 그리워하고 있었는데 왜 이제야 안아주려고 하느냐"는 얘기를 하고 싶은 것이었다.

부모님은 항상 자신에 대해 스트레스와 화가 가득했다. 한번은 그녀가 여덟 살쯤 되었을 때 냉장고에서 반찬통을 꺼내다가 손에서 반찬통이 미끄러져 떨어지고 말았다. 그 모습을 본 어머니는 화가 나서 몽둥이가 부러질 때까지 딸을 때렸다. 그 옆에 있었던 아버지는 그저 무심히 보기만 할 뿐 말리지 않았다. 무섭게 화난 어머니를 보고 나는 이렇게 맞을 만한 나쁜 짓을 했다고 생각하고 잘못했다고 용서해달라고 부모에게 싹싹 빌기까지 했지만 돌이켜

"나 좀 안아주지 그랬어?
내가 그때 얼마나 애타게 그리워하고 있었는데…."

생각해보니 그 어린아이를 그토록 모질게 때려야만 했을까 싶었다. 숨죽여 서럽게 울던 어린아이의 모습이 안쓰러워 그때를 떠올리는 것만으로도 가슴이 저려왔다. 어린 시절을 생각하면 이런 가슴 아픈 기억만 올라왔다. 따뜻하게 안기고 사랑받은 느낌이라고는 기억나지 않았다.

밀려온 감정은 쉽게 가라앉지 않았다. 하지만 휘몰아치는 감정을 토해내면 조금씩 시야가 걷히는 기분이 들었다. 천천히 그녀의 마음을 어루만지는 것이 필요했다. 부모와의 관계에서 서운했던 감정, 서러웠던 감정, 그리고 화가 났던 감정들을 우리는 하나씩 꺼내 인정해주었다. 그러고 나서 부모에 대한 원망과 남편에 대한 감정이 어떻게 뒤섞여 있는지도 하나씩 점검해 나갔다.

그녀는 남편에게서 부모를 보았고, 부부싸움은 결국 미해결된 부모와의 갈등이 반복된 것이었다. 그녀가 이러한 부모와 남편에 대한 감정의 연관성을 이해하고 수용하기까지는 꽤 오랜 시간이 걸렸다. 모든 것을 남편의 탓으로만 생각할 때가 오히려 마음이 편했다. 자신 때문에 만들어진 문제라고 보게 하는 상담자가 처음에는 원망스럽기조차 하였다. 하지만 그녀의 마음을 공감해주고 수용해줄수록 그녀의 마음도 점차 넉넉해져갔다. 그녀도 이 문제가 오롯이 남편의 탓만은 아니라는 것을 스스로 인정했다. 실은 이미 그녀도 알고 있었던 것이다. 그리고 힘들었던 기억을 꺼내 어린 시절의 자신을 보듬어주었다.

"누구에게도 사랑받지 못한 아이였지만, 이제는 말할 수 있을 것 같아요. '괜찮아, 이리 와, 네 잘못이 아니야. 이제 나는 어른이 되었으니 널 안고 위로해줄게.'"

자신의 문제를 인정하고 남편에 대한 원망을 거두자 그녀는 매우 유연해졌고 남편에 대한 눈길도 따뜻해졌다. 남편의 눈에 변화된 아내는 더 이상 안을 수 없는 여인이 아니었다. 남편 앞에는 안쓰럽고 초라한, 그리고 추워하는 가녀린 소녀가 있을 뿐이었다. 남편은 그제야 아내를 감싸 안을 수 있었다.

따뜻하고 편안한 안김이었다. 아내의 조그마한 어깨를 감싸 안으며 남편은 아내의 진정한 보호자가 되어야겠다는 다짐을 했다. 간절하게 안기고 싶었지만 안길 수 없었던 아내는 어떻게 사랑을 주고받을 수 있는지 더디지만 희망적인 연습을 시작했다.

감춰둘수록
더 커지는 상처.

때로 집단 상담을 진행할 때가 있다. 내가 이끄는 집단 상담은 십여 명의 사람들이 이틀 동안 자유롭게 자신의 마음을 터놓고 이야기하는 방식을 통해 진행된다. 이때 서로에 대해 옳고 그름을 판단하거나 비판 또는 조언을 해주는 것은 금지되어 있다. 집단원들은 서로의 이야기에 귀 기울이며 공감하고 수용하며 함께 치유의 과정을 만들어간다.

집단 상담에 참여한 사십대 여성이 있었다. 이틀간 진행되는 프로그램에서 그녀는 꽤 오래도록 자신의 이야기를 꺼내지 않았고 남의 이야기에도 별 반응을 하지 않으며 소극적으로만 참여하고 있었다. 그러나 다른 사람들의 이야기에 자주 눈물을 흘리는 모습에서 삶에 지쳐 있음을 알 수 있었다. 집단 상담의 일정이 끝나갈 무렵 다른 참가자들의 독려로 그녀는 어렵게 자신의 이야기를 꺼내놓았다. 그러나 시작이 어려웠지 한번 쏟아진 이야기는 듣는 이들이 지칠 정도로 끝없이 이어졌다.

결혼한 지 5년쯤 됐을 때 그녀의 남편은 하고 싶은 것을 찾아보겠다며 직장을 그만두더니 10여 년 동안 재취업을 하지 않았다. 그녀는 그 기간 동안 겪어야 했던 경제적인 어려움과 집 안 구석구석 배어든 우울의 정서가 가족의 삶을 얼마나 힘들게 했는지를 쏟아냈다. 그리고 이젠 모든 것을 초월해서 크게 바라는 것도 없고 최근에 남편도 일을 하겠다는 의지를 보이고 있다며 모든 문제는 해결되었다고 했다.

모든 것이 해결됐으니 이제는 앞만 보며 달려가겠다는 다짐에도 그녀에게서 생동감이나 의욕, 희망의 흔적은 찾기 어려웠다. 오히려 지난 10년 세월이 너무 지겹고 악몽 같아서 다시는 돌아보고 싶지 않다며 진저리를 치고 있었다. 새롭게 시작하겠다는 그녀의 다짐은 공허해 보였고 더 강하게 느껴진 것은 억눌러 놓았지만 아직도 펄펄 살아 있는 분노의 감정이었다. 자신의 꿈을 찾는

다며 가족을 방치했던 남편, 경제적인 어려움으로 자신의 모든 꿈과 미래를 포기해야 했던 시간, 자녀들조차 버겁게 느껴지고 어딜 가서도 자신 있게 남들 앞에 나설 수 없었던 열등감 등은 가슴 깊은 곳에 꾹꾹 눌러 놓았건만 그럴수록 분노라는 감정으로 되살아나고 있었다. 과거는 모두 잊겠다며 새 출발을 다짐해보아도 그녀가 눈물을 멈추지 못하는 이유는 그녀가 보낸 지난 시간에 대한 분노와 그간 쌓인 미움의 감정에서 벗어나지 못했기 때문이다.

그녀는 과거의 시간과 제대로 분리되지 못한 상태에 있었다. 어떤 대상과 심리적으로 건강하게 분리되려면 그 대상에 대한 적절한 친근감과 거리감이 공존해 있어야 한다. 심리적으로 분리되지 못한 상태는 집착이며, 반대의 경우인 극단적인 단절 역시 건강한 분리를 방해한다. 미워하는 사람이 있으면 잊고 싶어도 잊기는커녕 더 생각하게 되는 딜레마도 이런 현상에서 비롯된 것이다.

그녀는 지난 10년간의 아픈 시간에 대해 분노하지만 무조건 그 감정을 억압하며 거부하고 있었고 성급하게 새 출발만 생각하고 있었다. 자신도 남편도 이제 잘 살기만 하면 모든 과거는 저절로 잊힐 거라고 했다. 과거는 되돌아보기 싫은 아픈 고통의 흔적처럼 느껴졌기에 지난 세월을 모르는 척 눈을 감고 비밀로 꼭꼭 묻

어두고 싶었다. 그러나 아무리 들춰보고 싶지 않은 감정을 지우려고 애를 써도 언뜻언뜻 감정이 올라올 때마다 그녀는 슬픈 감정이 들어 무기력하고 우울해졌다. 그런 감정이 남아 있다 보니 그녀가 새 출발을 이야기할 때 공허하게만 느껴진 것이다. 그녀가 자신의 아픈 과거에서 자유로워지려면 그 시간에 대한 적극적인 인정과 더 나아가 존중하는 마음이 필요했다.

들여다보기 싫은 시간이겠지만 나는 그녀에게 용기를 내도록 격려했다. 우선 10년 세월이 무조건 남편의 무능과 무책임으로만 점철된 창피한 과거라는 생각에서 벗어나야 했다. 그러려면 그 시간에 대한 폭넓은 이해, 그리고 남편에 대한 이해, 더불어 그 시간 동안 무기력과 고통을 느꼈던 자신에 대한 깊은 성찰과 수용이 필요했다. 그다음에 해야 할 일은 그 시간 역시 자신은 물론 가족 모두에게 소중한 시간이었다는 재발견이다. 자신이 내적으로 성장할 수 있었던 점도, 삶의 본질적인 질문에 도전하게 된 것도, 자녀를 위해 이겨나가야 한다는 의지가 생긴 것도 모두 이 시간으로 인해 만들어진 것이었다. 그리고 힘든 시간을 통과해온 그녀는 충분히 가치 있고 인정받을 만한 성장을 한 것이다.

나는 그녀에게 과거는 이제 중요하지 않다고 말하면서 왜 그 말을 하고 있는 현재의 감정이 슬프고 지친 느낌인지를 물었다. 그녀는 과거가 너무 힘들었기 때문이라고 했다. 그렇다면 과거에서 벗어나지 못한 것은 아닌지 자신의 마음을 잘 살펴보라고 했다. 한참을 생각하더니 그녀는 아직도 과거의 시간들에 대해 화가 나 있음을 인정했다. 하지만 화가 나거나 고통스러운 감정을 가지면 안 될 것 같다고 했다. 나는 그 감정들이 절대로 잘못된 감정이 아니고 외면하고 무시해야 할 감정 또한 아니며 편안하게 자신의 감정을 들여다보길 바란다고 했다. 그리고 그녀는 불편하고 힘든 감정도 인정해야 한다는 것을 받아들였다.

흔히들 부정적인 감정은 인정하지 않아야 할 나쁜 것, 빨리 털고 지나가야 할 감정이라고 여긴다. 하지만 불안, 고통, 외로움, 슬픔 등 우리가 피해가고 싶어 하는 이 감정들은 삶에 필요해서 만들어진 것이다. 이 감정들을 무조건 거부하고 외면하는 것이 아니라 있는 그대로 잘 받아들이고 이를 어떻게 활용할 것인지에 따라 삶의 만족도가 달라진다. 긍정적인 감정 못지않게 부정적인 감정도 각자 존재해야 하는 순기능이 있는 것이다. 우리에게는 슬픔을 애도할 여유도 우울함을 존중할 관대함도 필요하다.

눈물과 함께 한참을 쏟아낸 그녀의 이야기는 점차 안정되어 갔다. 그녀는 아주 천천히 지난 10년에 대해 되돌아보며 그때의 감정들을 하나씩 꺼내놓았다. 남편에 대한 실망과 미움, 삶의 좌절감 등이 표현되었고 우리는 모두 공감해주었다. 공감으로 확장된 그녀의 이야기는 남편에 대한 감정에서 자신이 원 가족에게 받은 상처로 이어졌다. 단순히 남편으로 인한 문제가 아니라 자신의 원 가족에서 받은 상처들이 배우자와 결혼에 대한 과도한 기대를 하게 했고 그것이 실망으로 이어졌다고 했다. 결국 자신의 분노는 자신의 마음에서 비롯된 것임을 깨닫게 되었다.

과거의 시간들이 용서되고 재조명되면서 그녀의 얼굴색은 서서히 맑아지고 있었다. 그러는 사이 과거에 힘든 시간을 이겨냈던 능력과 탄력성도 찾을 수 있었고 남편에 대한 생각도 달라졌다. 처음엔 재취업을 못하고 무책임한 모습의 부정적인 면만 각인되어 있었는데 어느새 남편의 다른 면들을 보며 남편 자랑도 조금씩 꺼내놓았다. 이제 그런 남편과 새로운 삶을 시작하겠다고 하였을 때 그녀의 바람을 기꺼이 믿을 수 있었다.

많은 사람들이 아픈 기억은 빨리 잊고 내면에 고인 감정은 무시한 채 다음 단계로 건너뛰길 바란다. 하지만 감정을 외면할수록 그 감정을 밀어내기 위한 에너지 소모가 더 크게 작동하게 된다.

마음이란 게 우리의 의지대로 되는 것이 아니기 때문이다. 의지와 마음은 다른 차원이며 마음은 마음으로 존중받아야 의지를 수용할 수 있다. 감정을 인정하고 있는 그대로 존중하게 되면 고통스럽고 힘겨운 시간도 새롭게 재해석될 수 있다.

PART 2

내 존재의 시작, 내 아픔의 이유

힘든 과거는 이제는 내 것이 아니다.
어린 나는 아무것도 할 수 없었지만 이제 운명을 바꿀 선택권이 있다.
내가 마주하고 있는 불행의 실체를 바라보고 불행의 대물림을 끊기 위한
작지만 일상적인 노력을 통해 나를 옭아맸던 운명은 바뀔 수 있다.

우리 안에는
가족이 있다.

　심리학은 인간을 이해하는 학문으로 초기에는 개인에게 초점
을 맞추었다. 그래서 사회나 가족의 영향에 대해서는 큰 관심을
두지 않았다. 1980년대 초반 대학에 들어가서 심리학을 전공할
때도 개인으로서의 인간의 이해에 집중했다. 대학교 3학년 때 상
담실습과목을 수강하면서 우리는 그동안 배운 상담 기법을 활용
해서 상담을 해야 했다. 그때 교수님의 당부가 지금도 생각난다.
내담자가 하는 모든 이야기에 귀를 기울이되, 가족이나 부모에 대
한 이야기를 하면 그 이야기는 절대로 깊게 들어가지 말라는 것이
었다. 우리는 이런 교수님의 당부를 아무런 거부감 없이 받아들였

고 상담 중에는 내담자가 말하는 가족이나 부모 이슈들을 기피했다. 그러나 현재의 심리학은 가족이나 부모 이야기를 배제하고는 개인을 이해할 수는 없다는 것을 명백한 전제로 하고 있다. 수십 년 동안 심리학 분야는 더 많은 연구가 진행되었고 가족이나 어린 시절 부모와의 관계를 매우 중요하게 생각하고 있음을 보여주고 있는 것이다.

나 역시 통합적인 시야를 가지고 심리학을 공부하면서 인간에 대해 새롭게 눈을 뜰 수 있었다. 심리학을 공부했던 초기에는 심리학을 인간의 사고 과정, 정서 그리고 행동에 대한 이론을 학습하고 외우는 공부로 받아들였다. 그러나 박사 과정부터 가족심리학을 공부하면서는 외우는 공부가 아니라 그저 통째로 인간이 이해되는 느낌을 받았다.

현재의 상담 흐름에서는 원 가족에 대한 탐색과 어린 시절 부모와의 경험을 이해하는 것이 현재의 문제를 이해하고 극복하는 데 매우 중요한 요소임을 강조하고 있다. 원 가족의 경험과 현재의 문제의 연관성을 볼 수 있었던 사례는 상담과 연구에서 수없이 보게 된다.

부부문제가 있다며 상담을 찾아온 한 여성이 있었다. 남편은 상담을 원치 않기에 혼자 와서 상담을 하겠다고 하였다. 그녀는 남편이 가출한 이후로 우울증과 불안에 시달렸다. 늘 씩씩하고 자신감이 넘치는 사람이란 평을 듣는 사람이었지만 최근에는 밤에 조그마한 소리를 들어도 놀라고 잠들지 못한다고 했다. 이미 결혼해서 독립해 있는 자녀들은 그런 엄마를 번갈아 찾아와 보살폈다. 그녀는 일상생활이 점점 어려워졌다.

그녀는 남편보다 모든 면에서 앞섰다. 돈도 더 잘 벌었고, 주변에서 인기도 많았다. 친구도 많았고 친정식구들도 늘 그녀 곁에서 함께해주었다. 그에 비해 남편은 변변치 못한 수입에 성격도 외골수여서 주변에 친한 사람이 별로 없었다. 그녀는 이런 남편이 못마땅하고 초라해 보였다. 남편의 존재는 자신의 유일한 열등감처럼 느껴질 뿐이었다.

그토록 별 볼 일 없는 남편이 가출한 것은 얼마 전이었다. 그녀는 남편의 부재가 이토록 강력하게 자신을 무너뜨릴 줄은 꿈에도 상상하지 못했다고 했다. 만약 자신에게 영향력이 없는 별 볼 일 없는 사람이었다면 떠나고 난 뒤에 더 잘 지내야 하는 것이 아닐까? 그러나 정작 남편이 가출한 뒤로 그녀는 무너지고 있었다. 우리는 상담을 통해 무엇이 어떻게 잘못되었는지 찬찬히 살펴보기로 했다.

그녀는 많은 사랑을 받고 자랐다고 했다. 특히 아버지의 사랑을 많이 받았는데, 돌아가실 때까지 아버지는 든든한 후원자였다. 남편이 가장으로, 자녀들의 아버지로 제 역할을 하지 못할 때 아버지가 그 역할을 대신해주었다. 아버지는 남편이 제구실을 못할 때 의지했던 보조바퀴인 셈이었다. 그 덕분에 그녀는 쓰러지지 않고 버틸 수 있었다. 부작용이라면 본바퀴인 남편이 끝까지 자신의 기능을 발휘할 필요성이 없을 정도로 보조바퀴와 본바퀴의 역할이 바뀐 것이었다.

그런데 상담을 하다 보니 아버지 이야기는 많이 나오는데 어머니에 관한 언급이 없었다. 그래서 어머니는 어떤 분이고 관계는 어떠했는지 물어보니, 그녀는 힘겹게 어머니에 대한 이야기를 꺼내놓았다. 어머니는 자신을 별로 좋아하지 않았고 늘 키우기 힘든 딸이라는 책망만 했다고 했다. 아버지의 사랑을 듬뿍 받은 반면에 어머니의 사랑은 받지 못했던 것이다. 특이하게도 그녀는 상담을 통해 처음으로 어머니와의 불편한 관계를 인식했다. 어린 시절 어머니와의 관계가 늘 어긋나기만 했는데도 이를 의식하지 않으려고 감정을 억압했다는 것을 알 수 있었다. 어머니에 대한 애정결핍을 아버지의 사랑이라는 보조바퀴를 통해 외면했던 것이다. 그러면서 자신은 늘 잘 달리는 자전거로 생각하고 있었다.

보조바퀴를 사용하는 생존방식은 그녀에게 뿌리 깊게 자리 잡았고 남편과의 관계에서도 어김없이 활용됐다. 남편이 밉거나 불만스러울 때는 아버지라는 보조바퀴에 의지했다. 그러면서 자신은 남편의 사랑 없이도 잘 지낼 수 있다는 것을 마치 시위하듯 남들에게 보여주었다. 그러나 그녀가 내심 원했던 것은 남편의 사랑이었고, 또 그 이전에는 어머니의 사랑이었다. 정작 받고 싶은 사랑을 포기한 채 다른 사람의 대체 사랑으로 버텨온 것은 좋은 해결 방법이 아니었다.

"정작 제가 원하는 것을 몰랐던 것 같아요."

이 같은 문제를 인지하고 나니 실천 과제도 찾을 수 있었다. 아직 살아계신 어머니와 진심 어린 대화를 시도했다. 어머니와 진지하게 속마음을 이야기하는 것은 매우 낯설고 어색했지만 상담을 통해 반복적으로 연습을 하며 용기를 냈다. 어린 시절부터 얼마나 어머니의 사랑이 그리웠는지를 표현했고 다행히도 어머니는 그런

보조바퀴를 사용하는 생존방식은
그녀에게 뿌리 깊게 자리 잡았고
남편과의 관계에서도 어김없이 활용됐다.
정작 받고 싶은 사랑을 포기한 채 다른 사람의
대체 사랑으로 버려온 것은 좋은 해결 방법이 아니었다.

딸에게 미안하다는 사과를 했다. 그녀는 어머니의 사과를 듣고 오랫동안 묵힌 체증이 가시는 듯한 기분이 들었다고 했다.

그런 뒤에 남편과의 관계를 고찰해보았다. 남편에게 사랑과 인정을 받고 싶었지만 남편은 본인의 취미생활에만 집중했고 아내가 성공하고 잘나갈 때도 기뻐해주지 않았다. 상담을 하면서 그녀가 재발견한 감정은 남편에 대한 서운함이었다. 그녀는 서운한 감정을 그대로 표현하지 못했다. 누군가 자신에게 무관심하다는 사실은 인정할 수가 없었다. 그 사실은 너무나 아프고 자신 안의 근본적인 무엇인가를 건드리고 있었다. 그것을 피하는 방법은 남편을 별 볼 일 없는 사람으로 만들고 무시하는 것이었다. 이로써 자신의 진짜 감정을 억압했던 것이다. 늘 무시했던 남편이 아버지나 친구들로는 대체될 수 없는 소중한 사람이라는 것을 인식할 수 있었던 것은 참 다행이었다.

이제 그녀는 남편에게 솔직하게 자신의 감정을 이야기하기로 했다. 그녀의 가장 큰 두려움은 사랑과 관심을 받지 못했던 엄마와의 관계가 남편과의 관계에서 재현되는 것이었다. 아직도 부부의 대화는 계속되고 있다. 하지만 서로의 진실된 마음은 조금씩 소통 중이다.

불행하기 싫다면서
왜。

독일 유학시절 심리학 전공으로 석사 과정을 마치고 가족심리학 분야에 더 깊은 관심이 생기면서 가족을 주제로 박사논문을 쓰기로 결심했다. 나의 생각을 말하니 담당 교수가 박사논문 주제를 제안하였다. 바로 가족끼리 이어지는 불행의 대물림에 관한 것이었다. 흥미롭긴 했지만 왠지 거부감이 들었다. 좋은 대물림이야 괜찮지만 불행의 대물림이라니 차라리 모르는 것이 나을 것 같다는 생각이 들었다. 그런데 담당 교수는 아직 많이 연구되지 않은 분야지만 분명 의미 있는 연구가 될 것이라고 설득했고 고민 끝에 연구를 시작했다.

불행이 대물림되는 것은 어찌 할 수 없는 일인 걸까? 사람들은 왜 그토록 닮고 싶지 않은 부모의 모습을 따라가고 있는 것일까? 벗어나려 한 부모의 모습을 닮아가고 있다면 이처럼 불행한 일이 있을까? 연구를 진행하면서 어떻게 하면 불행의 대물림을 끊을 수 있는지 고민하였다. 다양한 연구를 경험하면서 불행은 대물림된다는 사실을 인정할 수밖에 없었지만 불행의 대물림을 끊을 수 있다는 것도 알게 되었다.

어느 날 나를 찾아온 여성이 상담 중 서럽게 흐느껴 울었다. 부모님의 부부갈등으로 불행한 가정에서 자란 그녀는 부모님처럼 살지 않으려고 애썼다. 그러나 지금 자신의 모습은 부모님과 판박이였다. 그런 자신을 선명하게 마주 대하면서 화가 나고 무기력감을 느꼈다. 아버지는 술을 많이 마셨고 가정경제를 돌보지 않았다. 어머니는 늘 가정에 무책임한 아버지에게 경멸과 함께 잔소리를 쏟아부었다. 그리고 뒤따르는 거센 부부싸움은 끔찍한 폭력으로 끝을 맺었다. 그녀에게 집은 공포의 공간이었다. 벗어나고 싶었지만 애처롭고 불쌍한 어머니를 위로하고 도와야 했기에 집을 떠날 수도 없었다.

결혼 적령기가 되자 그녀의 소원은 분명해졌다. 아버지와 정반대의 사람과 결혼하는 것이었다. 우선 술을 마시지 않아야 하고 직업이 분명해야 했다. 그 외에는 특별한 조건을 걸지 않았다. 나머지는 맞춰가면서 살 수 있을 것 같았다. 처음 남편을 만났을 때 순해 보이는 인상과 자기만의 기술을 가지고 있다는 점이 마음에 들었다. 게다가 결혼은 지긋지긋한 부모님 집에서 빠져나갈 수 있는 절호의 기회였다. 서두르는 감이 없진 않았지만 결혼함으로써 가족으로부터 탈출할 수 있었다.

그러나 결혼 18년이 지난 지금, 자신과 남편의 모습은 부모님의 모습 그대로였고 딸아이는 자신의 어릴 적 모습과 다를 바가 없었다. 불행이 한 치의 오차도 없이 대물림되고 있었다.

이 상황을 심리학적으로 보면 어떨까? 우선 그녀의 문제는 인생의 목표를 불행을 피하려는 데 초점을 맞추고 있다는 점이다. 이 때문에 불행의 요소에만 지나치게 집중하고 있다. 불행이라고 느껴지는 단서들은 주로 남편의 술과 경제적 능력과 연관되어 있었다. 남편이 아버지와 비슷한 행동을 할 때면 그녀는 이루 말할 수 없는 불안함과 무기력을 느꼈다. 또 다른 문제는 불행을 피하는 데 집중하는 동안 자신의 곁에 있는 행복의 순간들을 놓치고 있는 점이다.

행복이란 행운과 달리 밋밋한 게 특징이다. 행운은 네잎클로버를 발견하는 것과 같이 흥분되고 짜릿하지만 행복이란 세잎클로버를 보는 것처럼 매우 일상적이다. 가족이 누릴 수 있는 행복이란 함께 밥 먹고 대화하고 그런 대로 건강을 유지하면서 서로 의지하고 사는, 그 이상도 그 이하도 아니다. 그런데 불행을 경계하느라 평범한 일상에서 행복을 느끼고 즐기지 못하면 옆에 있는 행복은 의미가 없어진다. 불행을 피하는 것만으로는 행복할 수 없다는 점을 간과한 것이다.

　　그녀는 남편이 술을 마시지 않고 귀가하는 때도 특별히 행복감을 느끼지 못했다. 그러나 남편이 술을 한잔이라도 하고 오는 날이면 그녀의 반응은 격렬했다. 더할 수 없이 불행하고 비참해졌다. 불행이 올까 두려운 그녀는 남편에게 잔소리와 비난을 퍼부었다. 남편이 그녀의 잔소리를 반길 리가 없었다. 그녀의 잔소리가 싫은 남편은 술을 줄이기보다 늦은 귀가와 회피로 반응했다. 게다가 남편은 원 가족에서 인정 욕구가 결핍된 사람이었다. 더 인정받고 싶은데 인정은커녕 잔소리와 비난일색의 그녀에게 몹시 화가 나곤 했다. 그래서 보란 듯이 술을 마시며 그녀에게 더 상처를 주었다. 그녀의 잔소리와 남편의 잦은 음주습관은 자동화된 상호작용으로 반복되었다. 그러다 보니 부부의 모습은 어느새 부모와 닮게 된 것이다.

불행의 대물림을 무기력하게 운명으로 받아들이는 것은 분명 삶을 힘들게 만든다. 불행의 대물림은 반드시 끊어야 한다. 우리 는 불행을 피하는 것만이 아니라 적극적으로 행복에 민감해지는 연습을 함께 해야 한다. 우선 행복은 어떤 모습이어야 하는지 구 체적으로 알아보아야 한다. 아침에 일어나서 아침인사를 하는 것, 아침식사를 함께 하며 서로의 하루에 관심을 가지는 것, 저녁이면 반갑게 만나 서로의 일과를 들어주는 것, 스트레스 받은 일이 있 었다면 들어주고 공감해주는 것, 좋은 일이 있었다면 함께 기뻐하 는 것 등 행복은 매우 사소하지만 우리 삶 곳곳에 놓여 있다.

그녀는 행복이 그렇게 일상적이라는 것에 놀랐다. 자신의 일상 을 돌아보며 실제로 행복해할 만한 소소한 일들이 자신의 삶에도 많이 있다는 것도 깨달았다. 그렇게 깨닫고 보니 그녀 곁에는 활 기차고 성격 좋은 남편이 있고 착하고 건강하게 잘 자라고 있는 아이들이 있었다. 그리고 자신이 감정 표현이 부족했고 특히 긍정 적인 표현에 인색했다는 것을 인정하게 되었다.

상담을 하다 보면 내담자들은 본인들의 평범한 일상에서도 의

외로 많은 행복이 숨어 있음을 알고 놀라곤 한다. 보물 같은 순간들을 무심코 놓치고 있었던 것이다. 그러고는 행복한 순간에 주고받은 행동들을 곰곰이 생각해본다. 감사한 일들을 무심히 넘기지는 않았는지, 감사와 기쁨의 표현은 적극적으로 하였는지 말이다. 이미 긍정적인 행동을 하고 있었다면 계속하도록 노력하고 그런 행복한 순간에 아무런 표현도 없었다면 앞으로는 어떻게 변화된 모습을 보일지 생각해봐야 한다. 이런 노력을 통해 서서히 불행 요소보다는 행복 요소에 민감해지게 된다. 불행은 운명이 아니라 내가 초대했기에 온 것이었다. 불행보다는 행복을 내 삶에 초대한다면 같은 일상도 훨씬 풍요롭게 다가온다.

처음 상담실을 찾아와 눈물을 쏟으며 불행한 운명을 저주하던 그녀는 상담을 통해 불행을 대물림하고 있는 자신을 발견하기도 했지만 그 대물림을 끊는 것이 가능하다는 소중한 진리도 깨닫게 되었다. 힘든 과거는 이제 내 것이 아니다. 어린 나는 아무것도 할 수 없었지만 이제는 운명을 바꿀 선택권이 있다. 내가 마주하고 있는 불행의 실체를 바라보고 불행의 대물림을 끊기 위한 작지만 일상적인 노력을 통해 나를 옭아맸던 운명은 바뀔 수 있다.

제발 멈춰,
상처의 핑퐁게임。

급하게 상담을 요청한 부부가 있었다. 대기자가 많이 있어 기다려야 한다고 했으나 다급하게 도움을 요청했다. 결국 매우 늦은 저녁 시간에 상담을 하게 되었다. 겉보기에 그들은 매우 어울리는 부부였다. 세련된 외모는 물론 학력과 경력까지 화려해 부부 어느 한쪽도 기울지 않았다. 게다가 양가의 사회경제적인 지위도 막상막하였다. 결정적으로 그들은 마음의 상처까지 비슷했다. 둘 다 부모의 두 번째 결혼에서 태어났고 부모의 이혼과 재혼 그리고 배다른 형제들과의 복잡한 가족관계는 그들의 마음에 큰 상처를 주었다. 그런데 배우자감으로 나타난 사람이 비슷한 상처가 있다는 게 너무나 마음을 편하게 했다. 결혼은 초고속으로 이뤄졌다. 인생중대사인 결혼을 서두르는 것이 위험해 보였지만 그래도 자신들에겐 이 모험이 행복한 쪽으로만 기울 것 같았다.

그들은 각자 결혼에 대한 환상이 있었고, 가족과의 갈등과 상처에서 벗어나고 싶은 것이 결혼의 동기였다. 결혼을 통해 더 멋있는 모습으로 배우자에게 사랑받으며 마음도 몸도 편하게 살고 싶었다.

그들의 선택이 잘못됐다는 것을 알아차리는 데는 그리 오랜 시간이 필요치 않았다. 우선 남편은 아내의 씀씀이에 질려버렸다. 부잣집 딸임을 알고는 있었지만 돈을 그렇게 펑펑 쓰리라곤 예상치 못했다. 자신이 힘들게 벌어온 돈을 마구 쓰는 것은 용납할 수 없었다. 남편이 돈 쓰는 것을 간섭하고 통제가 심해지자 아내는 답답함을 호소했고 남편에 대한 사랑이 식어감을 느꼈다. 부부는 서로에 대한 실망을 넘어서 상대방을 이해할 수 없다며 화를 내고 있었다.

결혼이 초고속으로 이뤄진 데 반해 이혼은 만만치 않았다. 우선 실패를 인정하기가 어려웠다. 남들 이목도 있었고 이혼을 대물림한다는 것도 내키지 않았다. 상대가 조금만 양보하고 바뀌면 맞취갈 수도 있을 것 같았다. 두 사람은 어떻게든 결혼을 잘 유지해보고 싶어 대화를 시도해보았지만 대화는 몇 마디를 넘기지 못하고 바로 싸움이 되어버렸다. 고민 끝에 전문가의 도움을 받기로 하고 상담을 하러 왔던 것이다.

상담을 하면서 새로운 사실들을 알게 됐다. 그들은 적어도 같은 착각을 하고 있었다. 상대방이 자신의 상처를 가장 잘 아는 사람이니까 자신의 결핍을 더 잘 채워줄 거라고 기대하고 있었다는 점이다.

남편은 살아오는 내내 아버지의 첫 번째 결혼에서 태어난 배다른 형제들과 피나는 투쟁을 했다. 자랄 때는 아버지의 사랑에, 아버지가 돌아가신 후에는 아버지가 남긴 유산에 승부를 걸어야 했다. 그러다 보니 '내 것'을 지켜야 한다는 집착이 강했다. 지금도 누군가가 자신의 것을 가져간다는 느낌을 받으면 남편의 행동은 형제갈등 모드로 변해 상대를 공격하였다. 남편의 상처가 건드려지는 순간 아내는 남편의 또 하나의 형제가 돼 링 위의 혈투가 벌어졌다.

아내 역시 마찬가지였다. 그녀의 아버지는 물질적인 사랑의 표현에만 익숙했다. 사랑의 표현도, 사랑의 단절도 돈이었다. 돈을 통해 조종당하는 것은 그녀의 큰 슬픔이자 분노의 원천이었다. 바로 그 지점을 남편이 건드리고 있었던 것이다. 남편이 돈을 헤프게 쓴다고 거칠게 비난하고 통제당할 때마다 지긋지긋하던 아버지와의 밀당 싸움이 생각났다. 그런 피곤한 사랑에서 벗어나 마음 편하게 지내고 싶은 욕구가 있었고 그 욕구를 충족하는 것이 결혼에 대한 가장 큰 기대였다. 그 기대가 무너질 때마다 아내는 남편에게 불같이 화를 냈다. 그 분노에는 아버지에 대한 분노도 분명 섞여 있음을 인정했다.

부부는 서로에게 원래의 상처 부위에 다시 '상처 주기'를 반복하고 있었다. 상담을 통해 분명하게 알 수 있었던 것은 부부싸움의 원인은 상대가 아니라는 사실이었다. 바로 자신 안에 내재된 분노의 감정이 요인이었고 무의식에 깔린 그 감정의 버튼이 눌러질 때마다 감정은 통제가 힘들 정도로 심하게 요동쳤다. 이들에게는 상담을 통해 자신을 좀 더 이해하고 어린 시절의 상처를 치유하는 과정이 필요했다. 또 부부 각자의 원 가족에서 내려오는 부부갈등의 대물림을 이해해야 했고 그 대물림을 끊기 위한 노력이 필요했다.

인간관계 중에 부부관계는 특히나 어렵다. 부부갈등은 현재의 부부 사이의 갈등뿐만 아니라 부모와의 갈등이 혼재되어 있기 때문에 심리적으로 매우 복잡하고, 쉽게 이해하기 어려운 부분이 있다. 프로이트도 부모와의 갈등이 해결되지 않으면 그 갈등을 부부 사이에서 반복하려는 경향이 있다고 했다. 이 반복강박에서 벗어나는 길은 그러한 복잡한 마음을 잘 들여다보고 이해한 뒤 수용하려는 노력이다. 그리고 무의식중에 반복하는 자신의 갈등 패턴을 알아차릴 수 있어야 한다. 부부갈등은 깊은 심리적 차원에서 보면 상대로 인한 것이 아니라 자신에 의해 만들어지는 갈등이 많기 때문이다. 그래서 나 자신을 이해하고 알아가는 과정이 꼭 필요하다. 무의식적인 문제를 해결하고 극복하기 위해서는 상담 과정에 겪게 되는 심리적 혼란이나 아픔을 견뎌내야 하는 과정 역시 필요하다.

심리 상담 과정은 이렇게 이어진다.

나 자신 이해하기 → 무의식에 깔린 나의 감정 패턴과 약한 감정 인지하기 → 이를 인지한 뒤 유사한 상황에서 행동 변화하기

이 모든 상황은 부부, 부모, 자녀 등 가장 가깝고 중요한 관계에

서 도드라지게 드러나고 반복된다.

문제의 원인과 갈등 상황을 알게 되자 해결을 위한 발걸음도 빨라졌다. 우선 감정의 '일단 멈춤' 기법을 사용하게 되었다. 왜 이러한 감정이 드는지 일단 한 번 멈추고 숨을 고르는 것이다. 격정적인 감정의 휘몰아침도 횟수가 줄어들었다. 서로의 상처를 알고 이해함으로써 원 부모로부터 받은 상처, 자신을 짓눌렀던 과거의 기억에도 관대함을 가질 수 있었다. 차츰 끝날 것 같지 않던 반복적인 상처 주기는 오랜 노력 끝에 결실을 맺을 수 있었다.

아내 위에 엄마,
이건 아니잖아.

"더 이상 참기 힘들어요. 상담은 저희의 마지막 희망이에요."

젊은 부부가 상담을 찾았다. 아내는 상담에 적극적인 반면 남편은 마지못해 따라온 듯했다. 이제 돌 지난 아기를 둔 부부로, 신혼의 달콤함을 느낄 시기이건만 아내는 우울감이 심해 자살 충동까지 느끼고 있었으며 부부갈등이 해결되지 않는다면 이혼이라는 해결책도 생각해보아야겠다는 결심을 하고 있었다. 남편이 함께 부부 상담을 받는 노력을 한다면 결혼생활을 다시 생각해보겠다고 하자 남편은 다른 방법이 없어 상담실로 마지못해 끌려왔다.

남편의 늦은 귀가, 가족보다 친구를 더 좋아하는 성격, 아이를 돌보지 않는 것 등등 아내의 눈물 어린 호소가 이어졌다. 아내의 불평이 나올 때마다 남편은 정말 미안하다며 이젠 잘하겠다고 약속했다. 그러나 남편의 사과에도 불구하고 아내는 남편을 믿지 못했다. 그동안 남편은 수없이 사과를 했으며 잘하겠다고 약속했기 때문이다. 언뜻 보기에도 남편은 아내가 우는 무거운 분위기에도 싱글벙글하며 상황의 심각성을 인지하지 못하는 듯했다.

　계속해서 눈물을 흘리는 아내를 보며 일단은 호소를 더 들어주어야겠다는 생각이 들었다. 아내는 남편이 자신과 함께 있는 것보다 친구와 노는 것을 더 좋아하는 것을 매우 서운해했다. 무엇보다 아내를 힘들게 하는 것은 두 사람의 사이도 굳건하지 못한 상태에서 시간만 되면 혼자 사는 어머니를 방문하자는 남편의 강요였다. 부부만의 시간을 더 갖자고 하면 그건 결국 어머니에게 가기 싫어서 그런 거냐며 화를 내었다. 부부보다는 어머니와의 관계를 더 중요시하는 남편이 이해가 가지 않았다. 아내가 홀로 육아하는 것이 힘들다고 하면 남편은 바로 어머니에게 아이를 맡기라고 하였다. 대화를 하면 서로 목소리만 높인 채 어긋나기만 한다고 아내는 절망하고 있었다.

남편에게 물어보니 홀로 계시는 어머니가 늘 걱정이라고 하였다. 자신은 결혼 후에 더 효자가 된 느낌이라고도 하였다. 남편의 부모님은 젊어서 이혼을 하고 어머니 혼자 남매를 키웠다고 했다. 아버지는 이혼 후 재가했기에 연락이 끊긴 상태이며 동생은 중학교 때부터 유학을 했기 때문에 자신만이 어머니와 단 둘이 함께 살아왔다고 했다. 결혼하면서 어머니와 떨어져 살게 되었는데 항상 어머니가 걱정된다고 하였다.

상담자가 남편에게 두 여자를 보살피고 만족시켜야 하는 일이 매우 힘들었겠다고 하자, 남편이 갑자기 울음을 터트렸다. 갑작스러운 모습에 당황스러웠지만 '얼마나 큰 부담이었길래…' 하는 생각이 들었다. 누군가 그것을 알아주자 남편의 눈물이 터져 나온 것이다. 아내는 남편의 눈물을 보고 당황했다. 그렇게 힘들어하는지는 처음 알았다고 했다. 남편이 상담자의 도움을 받아 천천히 힘든 것들을 이야기하자 아내는 남편을 이해하기 시작했다. 남편은 아이들을 돌보느라 평생을 희생한 어머니에게 자신도 의식하지 못한 깊은 죄책감을 갖고 있었다. 그렇지만 제대로 된 가장의 역할을 학습하지 못한 그 역시 자신이 받은 상처를 아내에게 되돌려주고 있었다.

남편으로서는 절대로 끊을 수 없는 것이 어머니와의 관계이다. 아내가 이를 인정하지 않고 무조건 자신과 자녀에게만 집중하라고 하면 남편은 이를 수용할 수가 없다. 그것은 남편에게 실천 불가능한 요구이기 때문이다. 하지만 남편이 어머니에게 잘해드려야 할 것을 아내에게 강요하거나 아내 몰래 자신의 어머니를 챙기고 관계를 유지하는 것도 좋은 해결책이 될 수 없다. 아내의 소외감을 분명히 이해하고 배려해야 한다.

"아이와 제가 혼자 있는 시간이 너무 많아요. 늘 남편을 기다리는 게 제 일상이에요. 아이가 커가는 모습은 이 순간이 아니면 사라지잖아요."

"아내와 어머니를 동시에 떠올리면 어떠세요?"
"안쓰럽고 측은해요. 어머니에게서 아내가 보이네요."

"남편이 어머니와의 인연을 끊는다면 어떨까요?"
"그런 것은 저도 원하는 일이 아니에요. 다만 찾아뵙는 횟수가 줄어들었으면 좋겠어요. 저희도 저희 가족만의 시간이 필요해요."

  서로의 마음을 이해하자 상담은 잘 진행되었고 두 사람은 함께 어머니에게 효도할 수 있는 방법을 찾기 시작했다. 남편은 원 가족과 지금의 가정이 행복하게 양립할 수 있는 원칙들을 세웠다. 처음부터 그 원칙이 잘 지켜지진 않았다. 우선 할 수 있는 일부터 실천했다. 귀가 시간이 조금씩 앞당겨졌고 아내의 가장 큰 불만사항인 잦은 술 약속을 줄이기로 했다. 외부 만남은 주 3회 이내로 줄어들었다. 백 퍼센트 흡족하진 않지만 남편이 조금씩 노력하는 모습을 보면서 아내 또한 마음을 열었다. 시어머니를 찾아뵙는 것을 무조건 경계하던 것을 허물고 어머니가 대화의 주제로 올라오면 날카롭게 대응하던 태도를 누그러뜨렸다. 그리고 결여된 남편의 인정 욕구를 이해하고 마음을 더 읽어주기 위한 말을 건넸다.

  변화는 조금씩 일어났다. 상대방의 결핍은 나의 상처로 돌아오기도 한다. 지쳐 보였던 아내의 얼굴이 점점 밝아지는 것을 느꼈다. 두 사람은 열린 마음으로 서로의 마음을 전달하고 수용할 수 있게 되었다.

엄마,
그만 나 좀 놔줘.

　시대가 많이 변했다. 하지만 고부갈등은 여전히 가족사에서 큰 비중을 차지하고 있는 문제이다. 고부갈등은 자연스럽게 여겨지는 반면 '딸 같은 며느리', '친정엄마 같은 시어머니'라는 표현은 오히려 미덥지가 않게 느껴지기도 한다. 대부분의 고부갈등은 아들에게 집착하는 시어머니, 며느리에게 과도한 요구를 하는 시어머니에게 원인이 있는 것 같지만 간혹은 생각지 않은 심리적인 요인이 작용하기도 한다.

　내가 만난 한 내담자는 심한 고부갈등을 겪고 있었다.

"시어머니는 제게 한 번도 '잘했다', '고맙다' 소리를 안 하셨어요. 제가 무슨 말을 하면 믿지 않고 바로 다른 사람에게 물어보는 분이세요. 제가 수제비를 하면 당신은 칼국수가 먹고 싶다 하시고, 선물을 사드리면 흠집부터 잡으세요. 제가 당신 맘에 드는 구석이 하나도 없다 하시면서도 끊임없이 저를 옆에 두시려고 해요. 시어머니는 입만 여시면 당신 시집살이하던 이야기를 하고 또 하고, 이제 저는 시어머니의 모든 이야기를 외울 수 있을 정도예요. 당신도 시집살이로 그렇게 서러웠으면서 왜 제게 똑같은 시집살이를 시키는지 정말 알 수가 없어요."

시어머니에 대한 그녀의 불평은 끝이 없었다. 문제는 시어머니에 대한 불만과 갈등이 남편과의 관계로 이어지고 있다는 것이었다. 그녀의 말로는 남편 역시 이기적이고 냉정해서 고부갈등이 생기는 동안 단 한 번도 아내 편을 들어주지 않았다고 한다. 부부 사이에 점차 대화가 사라지고 집안 분위기가 무겁다 보니 자녀들도 집을 멀리했다. 틈만 나면 집에서 나갈 궁리를 하는 아이들을 보며 그녀는 무늬만 가족이지 가족 모두에게 버림받은 기분이 들었다.

가족 사이에 변화가 절실한데 어디서부터 상담을 시작해야 할지 막막했다. 우선 가족 이야기의 범위를 시댁뿐만 아니라 내담자의 원 가족까지 확장시켜보았다. 그랬더니 친정어머니의 죽음이 예사롭지 않았다. 그녀는 어려서부터 부모님의 부부갈등을 보고 자랐다. 어머니는 남편 대신 딸인 내담자에게 전적으로 의지했다. 학교에 다닐 때도, 직장에 다닐 때도 전화기는 늘 어머니를 위해 대기 상태로 있어야 했다. 어머니가 힘들다 하면 뛰어가야 했고, 몇 시간이 됐든 어머니의 하소연을 들어야 했다.

그러던 어느 날, 그런 상황에 지친 그녀가 계속해서 걸려오는 어머니의 전화를 받지 않았는데 여섯 시간 후 어머니의 자살 소식을 듣게 되었다. 도저히 믿을 수가 없었다. 그녀는 어머니의 죽음을 자기 탓으로 돌렸다. 자기가 전화를 받고 어머니에게 갔더라면 상황이 달라졌을 것이라고 생각했다. 그 죄책감은 어머니가 돌아가신 이후 마치 올가미처럼 평생 자신의 목을 옥죄고 있었다. 그녀는 어렵게 원 가족 이야기를 이어갔다. 차마 마주하고 싶지 않고 꺼내기 싫은 이야기였지만 용기를 내었고, 이야기를 하고 난후 그녀는 실컷 소리내어 울었다.

그 이후 그녀에게 조금씩 변화가 생겼다. 그동안은 모든 관점이 시어머니에 대한 불만과 한 많은 자신의 운명에만 집중되었는데 점차 보다 큰 관점으로 눈을 돌리기 시작했다. 그러자 자신은 물론 자녀들의 마음이 느껴지기 시작했다. 자신이 늘 불행하다고 할 때마다 자녀들이 얼마나 엄마에 대한 부담과 연민을 느꼈을지 상상할 수 있었다. 그리고 자신이 친정어머니에게 느낀 부담이 고스란히 딸에게 대물림되고 있음을 알아차렸다. 엄마 곁에서 자녀가 아무리 애써도 엄마가 행복해지지 않을 때 얼마나 힘들었을까? 이 상황을 벗어나고 싶고 가족의 울타리에서 빠져나오고 싶은 것은 당연한 이치이다. 그녀는 딸이 엄마를 떠나려 한 심정을 이해하게 됐고, 딸에게 미안한 마음을 전했다.

　시어머니와 남편에 대한 미움이 누그러지기 시작한 것은 그다음이었다. 시어머니에게 퍼붓는 불평과 한탄은 평소 친정어머니에게 하고 싶었던 말들과 일치한다는 것을 깨달았다. 어머니가 자신에게 지나치게 의존하고 집착한다는 것을 알았지만 불쌍한 어머니를 생각하면 잘해드려야 한다는 의무감을 느꼈다. 간혹 어머니의 요구와 집착이 괴롭고 벗어나고 싶었지만 어머니는 바뀌지 않았고, 자신도 용기 있게 거절하지 못했다. 그리고 한 번 시도한 거절은 결국 어머니를 죽음으로 몰아갔던 것이다. 그런 딸로서 어머니에 대한 불만을 이야기한다는 것은 가당치 않다고 생각되었다. 오히려 끝없이 사과만 해도 모자랄 판이었다. 이런 상황은 어머니에 대한 감정을 억압하고 부인하게 만들었다. 표현되지 못한 어머니에 대한 불만과 원망은 시어머니에게 전이되었던 것이다. 시어머니를 실컷 미워하고 틈만 있으면 시어머니에 대한 흉을 보았다. 모든 탓을 시어머니에게 돌리면서 그녀는 한편으로 뭔가 시원하다는 느낌을 받았다. 시어머니가 잘해주셨더라면 그 해소되지 않은 감정은 또 다른 방식으로 표출되었을 것이다.

그녀는 친정어머니에 대한 자신의 감정을 하나씩 꺼내보았다. 아무리 어머니였지만 가끔은 너무나 지겨웠다. 아니 어머니가 지겨운 것이 아니라 화가 났다. 자신의 자율성을 좌절시키고 자신의 삶에 집중하지 못하게 만드는 어머니의 요구에서 벗어나고 싶었다. 그때마다 어머니에게 말하고 싶었다.

"이제 저 좀 놓아주세요. 이제는 제 삶에 집중하고 싶어요."

그녀는 평소 어머니에게 하고 싶었던 말을 상담자에게 표현했다. 나는 몇 번이고 그 말을 반복하도록 했다. 그녀는 처음에는 조그마한 목소리로 말을 제대로 잇지 못했으나 점차 자신 있고 또렷하게 어머니에게 자신의 감정을 표현하고 있었다. 상담자가 어머니가 되어 "미안하다"고 말해주니 그녀는 한동안 서러운 눈물을 쏟아냈다. 어머니에 대한 분노를 표현하고 자신이 원하는 것을 피력하고 나자 그녀는 천천히 어머니가 진정으로 보고 싶다고 했다. 어머니가 그립고 어머니에게 사랑한다는 말도 하고 싶다고 했다. 그녀는 어머니의 죽음에 대한 죄책감에서 서서히 벗어나는 것 같았다.

그 후 놀라운 변화가 생겼다. 그녀가 시어머니를 안쓰럽게 느끼고 다가가기 시작한 것이다. 미운 정이 들어서일까, 시어머니도 그런 며느리에게 조금씩 곁을 주셨다. 고부갈등이 느슨해지자 비겁하게 숨어 있던 남편도 슬그머니 가장의 자리로 되돌아오고 있었다. 남편이 조금씩 눈치를 보며 아내에게 잘해주려는 행동들을 보인 것이다. 자녀들도 집에 있는 시간을 부담스러워하지 않았다. 그렇게 무늬만 가족이었던 집이 서서히 바로 세워졌다.

처리되지 않은 마음의 상처는 시간이 지나도 결코 잠잠해지지 않는다. 가까스로 감정을 억압한 경우에는 다른 문제를 만들어서

"이제 저 좀 놓아주세요.
이제는 제 삶에 집중하고 싶어요."

라도 상처가 있었음을 상기시킨다. 이 사례를 통해 원 가족에서 받은 상처를 치유하는 것이 얼마나 중요한지 새삼 실감할 수 있었다. 감정이 깊을수록 꺼내기가 두렵다. 가장 가까운 사람에게 받은 상처는 더더욱 아프다. 그 상처를 스스로 어루만질 힘을 기르는 것, 그것은 긴 인생을 두고 나를 위한 특별한 선물이 될 것이다.

이제는
홀로 서고 싶다。

단아하고 세련된 옷차림에 고운 외모를 가진, 힘든 일이라고는 경험하지 않았을 것 같은 삼십대 여성이 상담을 청해 왔다.

그녀는 갑작스런 남편의 이혼요청에 어찌할 바를 모르겠다고 했다. 특별한 부부갈등이 있었던 것도 아니어서 이혼이란 말은 너무나 생소했다. 아내가 왜 이혼을 원하느냐고 물어보니 남편은 장모님의 과도한 주도성에서 벗어나고 싶다고 했다. 상황을 감당하기 어려웠던 아내는 남편에게 부부 상담을 받자고 제안했다. 그러나 남편은 자기 자신을 잘 알고 있고, 결정은 확고하다고 하며 상담을 기피했다. 아내의 간곡한 청에 남편은 상담실을 찾아왔고 장모님과 아내와 함께하는 삶이 얼마나 고달픈지를 쏟아놓았다.

"아내와 결혼한 게 아니라, 장모님과 아내 두 사람과 결혼
한 기분이었어요. 어딜 가든 아내는 없고 장모님의 뜻대로
움직였어요. 신혼집도, 아이 양육문제도, 심지어 제가 옷을
입는 것도 장모님이 정해주셨어요. 무엇보다 화가 나는 것은
이런 갈등이 생길 때마다 아내는 장모님 뜻대로 하기를 원했
어요. 저는 누구와 결혼한 거죠? 더 이상 못하겠습니다."

남편은 자신의 입장을 일방적으로 피력하고는 상담자의 이야
기는 귀 기울여 듣지 않았다. 아내의 말로는 상담을 다녀온 직후
남편은 바로 짐을 싸서 집을 나갔다고 했다.

아내는 혼자 상담실에 오기 시작했다. 상담 초기, 아내는 이 상
황이 받아들여지지 않는다며 상담 내내 울기만 했다. 그러나 상담
이 진행되는 동안 많은 것을 생각하게 되었다. 연애시절, 아내에
게 첫눈에 반한 남편은 일방적인 애정공세를 했고 남편의 적극적
인 태도로 결혼이 이뤄졌다. 우선 배우자 선택이 주체적이지 않았
다. 남이 어떤 결정을 하거나 주장하면 그 방향대로 따라가는 습

성은 어린 시절부터 형성된 것이었다. 그녀는 주도성이 강한 어머니 밑에서 자라면서 늘 순종하며 따라가는 역할만 했던 딸이었다.

그러나 친정어머니의 과도한 주도성에 대해 생각하면서 남편이 싫어하는 이유를 인식할 수 있었다. 사위로서는 장모님에게 일방적으로 끌려가는 것이 그리 유쾌하지는 않았을 것이다. 자신이 아직도 어머니에게서 심리적으로 독립하지 못한 것 또한 남편에게는 부가적인 고통이었을 것이라고 생각되었다. 매사를 친정어머니에게 의논하며 친정식구와 함께하려는 행동들은 남편에게 충분히 불편한 상황을 만들었을 것이다.

아내를 통해 그간의 이야기를 들으니 남편이 처음에는 처가에 매우 잘했다는 것을 알 수 있었다. 남편은 부부갈등이 심한 부모 밑에서 성장하면서 부모의 사랑을 받기보다는 오히려 부모를 걱정하고 염려해야 했다. 결혼 초기, 장모님의 간섭이나 주도성은 오히려 행복한 경험이었다. 따뜻한 보살핌처럼 느껴졌고 그러기에 더 잘 해드리려고 애썼다. 그러면서 장모님이 자신을 인정해주고 어느 순간에는 그 주도성을 사위에게 넘겨주길 바랐을 것이다.

하지만 남편의 바람은 이루어지지 않았다. 장모님의 간섭은 계속됐고, 늘 아이 취급당하는 것처럼 느껴지면서 더 이상 견딜 수 없었다. 결국 남편은 이혼을 요구하게 되었다. 아내가 이혼에 응해주지 않자 주도성이 강한 남편은 행동으로 이혼을 진행해 나갔다. 헤어지자며 집을 나간 것이다. 집을 나간 남편은 간간이 전화를 걸어 용건을 전하며 법원에 이혼서류를 내자고 했다.

장서갈등이 생겼을 때 아내가 남편과 엄마, 누구의 편을 들어주는 것은 바람직하지 못하다. 왜냐하면 모두가 옳기 때문이다. 어느 한 편을 들어주는 것은 이 갈등을 해결하는 데 아무 도움이 되지 않는다. 한쪽 편을 들어주게 되면 오히려 갈등을 증폭시킬 뿐이다. 갈등해결, 또는 적절한 갈등 대처란 양쪽의 정당성을 찾아주는 것이다. 그래야만 그동안 무서운 속도로 증폭하던 갈등의 크기와 강도가 줄어들고, 본질적인 해결을 위한 대화의 길을 열 수 있다.

이 상황을 보면 관계에서 개별적인 존재로 '분리'되는 것이 얼마나 중요한지 깨닫게 된다. 아무리 가까운 사람이라 하더라도 남은 자신과 다르다는 사실을 인정하고, 그 다름을 존중해야 한다. 그런 다음에야 서로 잘 '연결'될 수 있다. 상대방이 어떤 가치관을 따르고 있는지, 어떤 장점이 있는지, 어떤 아픔이 있는지, 무엇을 선호하는지, 선입견 없이 섬세하게 감지하고 인정한 다음에 우리는 비로소 연결될 수 있다.

　이런 상황들이 심리적으로 감당이 안 됐던 아내는 상담에 의지했다. 상담을 통해 자신의 삶을 돌아보고 부부관계, 그리고 부부 각자의 원 가족관계를 이해하기 시작했다. 차츰 아내는 이혼을 막을 수 없다는 것을 인정하게 되었다. 하지만 이혼에 대해 좀 더 준비가 된 다음, 도장을 찍고 싶어 했다. 상담으로 도움을 받으며 어머니와의 심리적인 분리도 해냈다. 일을 구해서 경제적인 독립도 했고, 차츰 주변 사람들에게도 이혼을 알리며 새로운 삶에 적응해 나갔다.

　그러는 사이, 2년이라는 시간이 지났다. 처음에는 상담을 하러 와서 울기만 하던 그녀는 웃음을 되찾았고 남편과도 웃으며 헤어질 자신감을 얻게 되었다. 남편과 마침 연락이 닿아 지지부진했던 이혼서류를 정리하자고 남편에게 말했다. 그런데 남편이 예상과 다른 말을 꺼냈다. 그동안 이혼하자던 말을 바꾸어 후회하고 있다며 재결합 의사를 내비친 것이다. 이혼서류에 도장을 찍어줄 수 없을 것 같다는 이야기도 했다. 아내는 남편의 반응에 매우 묘한 감정을 느꼈다고 고백하였다. 매몰차게 돌아섰던 남편이 자신을 다시 찾는 모습을 보며 자존감이 올라가는 느낌도 들고, 또 이렇게 마음이 정리된 후 다가오는 남편을 보며 오히려 허전함을 느끼게 되었다고 했다.

아내는 차분하게 남편과의 재결합을 재고해보았다. 이제는 선택권이 자신에게 있었다. 아내는 좋은 결정을 내리고 싶었다. 그러나 결혼, 이혼 또 재결합을 원하는 모습에서 남편의 반복되는 패턴을 볼 수 있었다. 남편은 매우 열정적인 사람이었고 뭐든 생각하면 이루어내는 추진력이 있는 사람이었다. 결정 과정은 일방적이었고 마음을 먹으면 그대로 밀어붙였다. 하지만 자신은 늘 남에게 끌려가는 사람이었다. 만약 이번에도 남편의 요구에 끌려간다면 좋은 결정이 아니라고 생각되었다. 아무리 생각해도 아내는 남편과의 재결합에 확신이 서지 않았던 것이다. 다시 이어질 남편과의 결혼생활을 상상해보면 그리 편안한 감정이 만들어지지 않았다. 오랜 고민 끝에 재결합은 옳지 않은 결정이라는 결론을 내렸다. 그녀는 자신의 감정을 믿으며 남편에게 편안한 작별인사를 할 수 있었다고 이야기했다.

친정어머니의 주도권에서도, 남편의 추진력에서도 벗어난 그녀는 이제 스스로의 힘으로 운명을 개척하며 삶을 움직이겠다고 했다. 그 말을 전하는 아내의 표정은 내가 본 중 가장 편안하고 평온해 보였다. 이혼을 막는 것이 꼭 정답은 아닐 수 있다. 스스로 만족스럽고 편안한 삶을 쟁취한다면 그것만으로도 행복의 길은 열려 있다.

PART 3

우리가 어쩌다 결혼하게 되었지

배우자는 '숨겨진 나'와 '보여지는 나'를 통합해
나 자신을 더 사랑하도록 하는 사람이다.
우리는 배우자를 통해 '있는 그대로의 자신'을 사랑하고 바로 세울 수 있다.

가까운 듯 먼 듯
균형 맞추기.

심리학자들이 추구하는 '건강한 사람'이란 개인으로 홀로서기를 하는 사람인 동시에 남과의 관계도 잘 맺는 사람이다. 재미있는 사실은 독립성을 위해서는 연결성이 필요하고, 또 연결이 잘되려면 건강하게 독립된 개인이어야 한다는 것이다. 어느 한쪽으로만 치우친 경우에는 항상 문제가 발생하게 돼 있다.

상담실에 들어선 부부는 이미 이혼한 상태였다. 이혼을 한 지 1년이 넘었는데 부부 상담을 원하는 것은 흔치 않은 경우이다. 특이하게도 이들은 이혼을 했는데도 불구하고 계속해서 부부싸움을 하고 있었다.

결혼할 당시 두 사람은 매우 잘 어울리는 한 쌍이었다고 한다. 그런데 결혼한 6년 동안 함께 산 기간은 3년이 채 안 된다고 했다. 초기부터 부부갈등이 너무 심했기 때문이다. 작은 말싸움은 바로 심한 몸싸움으로 이어지곤 했는데 이런 상황에 자신들도 깜짝 놀랐다고 했다. 결혼 전에는 그 누구와도 몸싸움을 한 적이 없었고 또 그런 행동을 하기에는 자신들이 너무 지적인 사람들이라고 생각했기 때문이다. 그러나 폭력적인 부부싸움은 자주 반복되었고 부부는 무기력해져갔다.

부부는 또 거친 싸움을 했고 결국 아내가 현관문 비밀번호를 바꿔 남편이 집에 들어오지 못하게 만들었다. 이에 화가 난 남편이 아예 집에 오지 않으면서 자연스럽게 별거하게 되었다. 그리고 이 일의 여파가 이혼으로 이어진 것이다. 그런데 막상 이혼을 한 이후에 아내는 자녀를 볼모로 끊임없이 남편과 관계유지를 요구했다. 언제는 문을 걸어 잠그고 내쫓더니 이제 와서 또 집에 안 온다고 비난을 하는 아내를 남편은 이해할 수가 없었다. 남편은 그런 아내에게 혐오감을 느끼며 자꾸 도망가고 있었다. 그들은 함께 있을 때도 싸웠고 떨어져 있을 때도 싸웠다.

부부 상담 중에 아내는 끊임없이 남편에 대한 불만을 이야기하며 내내 눈물을 쏟아냈다. 결혼해 사는 동안 남편에게 공감받지 못해 결국 이혼을 하긴 했지만 자신과 단절하려는 남편 태도에 대해 크게 분노했고 흥분한 감정을 진정시키지 못했다. 그 사이 외모도 초라해지고 직장일 역시 제대로 하지 못하게 되어 개인적으로도 점점 무너지고 있었다. 아내는 "모든 것이 남편 탓"이라며 망가진 내 삶을 보상하라고 헤어진 남편을 놓지 못하고 있었다. 아내는 이혼에 대한 상처 치유를 헤어진 남편에게 요구하고 심리적으로는 아직도 헤어진 남편에게 의존하고 있었던 것이다.

남편의 각진 얼굴과 지나치게 경직된 표정에서 외로움과 좌절, 무기력 등이 여실히 드러나고 있었다. 그는 모든 것을 초월한 듯한 목소리로 "별로 할 말이 없다"고 하다가도 계속해서 아내의 비난이 쏟아지면 참지 못하고 극도의 분노를 표출했다. 목소리는 상담실을 벗어나 길가에서도 쩌렁쩌렁 들릴 정도로 크고 거칠었다.

남편은 이 상황을 극복하기 위해서는 절대적인 단절이 필요하다고 했다. 특히 아내와는 대화를 할수록 문제가 더 커진다고 했다. 아이조차도 만나지 않겠다고 했다. 아내에게 전화나 문자 등 연락이 오면 모두 무응답으로 반응했다. 부모나 친구, 직장동료 등도 만나지 않았다. 그가 선택한 것은 고립이었다. 남편은 지나

친 독립성으로 무장된 사람이었던 것이다. 하지만 그 역시 결코 이혼의 상처를 극복하지는 못하고 있었다.

아내는 지나치게 관계에 연연하였고 남편은 지나치게 홀로 있고 싶어 했다. 여기서 상담의 역할은 의존적인 아내는 독립적이 되도록 하고, 지나치게 단절 상태인 남편은 다른 사람과 잘 연결되도록 관계능력을 키워주는 일이다. 그런데 이러한 성장과 치유를 위해서 바로 지금의 배우자가 필요하다는 사실은 아이러니할 수밖에 없었다.

아내의 경우에는 적절한 거리감을 수용하는 작업이 필요하다. 남은 절대로 내가 원하는 방식으로 존재할 수 없음을 인정하고 수용해야 한다. 남편은 아내의 요구에 굽히지 않고 자신의 특징을 인정해 달라고 하고 있다. 만약 남편이 아내의 방식을 늘 따라준다면 아내는 건강한 거리감을 배울 수가 없고 자녀에게도 지나치게 집착할 위험이 크다. 즉, 타인의 독립성 욕구를 감지하고 존중하는 방법을 모르는 사람으로 살아갈 가능성이 크다.

또한 남편의 경우, 남과 함께하며 타협하고 교류하는 것이 필요한 사람이다. 늘 따로따로만 고집하는 남편에게 아내는 계속해서 함께할 것을 강요했다. 아내의 이러한 적극적인 요구가 없다면 남편은 누구와 함께하는 것이 불가능한 사람으로 살아갈 것이다. 함께하면서 발생하는 시너지 효과도 경험하지 못할 것이며 관계의 욕구를 충족하는 방법을 알아갈 수 없을 것이다. 사람의 차이는 분명 갈등을 만드는 요소이기도 하지만 각자의 부족함을 채울 수 있는 기회를 제공한다. 두 사람이 서로 도울 때 건강한 독립성도, 섬세한 연결성도 가능해지는 것이다.

대부분의 부부는 사랑으로 만난다. 더 많은 시간을 함께하고 싶어 결혼을 결정하고 달콤한 신혼생활을 맞이한다. 그러나 정작 결혼하고 나면 기대와 다른 배우자를 보면서 실망이 누적되고 이 실망들은 부부갈등으로 이어진다. 일단 부부관계가 악화되면 모든 상호작용은 부정적으로 연결되는데 그렇게 되면 부부가 처음 만났을 때나 신혼 초기에 있었던 긍정적인 상호작용의 패턴으로 되돌리기가 쉽지 않다. 점점 거북해지는 관계, 함께 있는 것이 그리 유쾌하지 않지만 안 보고 살 수도 없어 같이 있는 불행한 관계로 지낼 수밖에 없다. 남이면 안 보겠지만 그럴 수도 없다 보니 부정적인 상호작용은 마치 자동화된 기계처럼 반복적으로 지속된다.

부부심리학자들은 이러한 상태의 상호작용을 관계의 '강박프로세스'라고 일컫는다. 이 시기의 특징은 상대방을 헐뜯거나 비난하는 행동, 화내는 행동들이 대부분이다. 부부는 이런 행동들을 멈추고 싶어 하면서도 마치 강박증 환자처럼 반복한다는 것이다. 그러면서 원인 제공은 늘 상대 탓이며, 자신의 행동은 어쩔 수없는 반응이라고 여긴다. 이 단계에 이르면 그토록 사랑했던 사람과 눈을 마주치는 것도, 손을 잡는 것도, 따뜻한 말을 건네는 것도 불가능해진다. 바로 이때, 그들은 관계의 역사를 다시 쓰기 시작한다.

"처음부터 잘못된 만남이었어. 이렇게 될 것을 애초에 알아봤어야 하는데⋯."

과연 처음부터 잘못된 만남이었을까? 부부심리학자들은 이에 대해 현재의 갈등이 만들어내는 인지의 재구조화라고 진단한다. 지금의 관계가 좋으면 그들은 자신들의 만남부터 현재에 이르기까지 긍정적인 이야기로 서술한다. 하지만 관계가 틀어지면 처음부터 잘못된 만남으로 시작되었고, 그동안 부정적인 사건만 있었던 것처럼 표현하는 것이다.

불행을 예고하는 잘못된 만남도 분명히 있다. 그러나 이런 운명적 만남의 '질Quality'을 결정하는 것은 다름 아닌 '진행 과정Process'이라는 변수를 잊어서는 안 된다. 배우자를 잘 만나야 하는 것도 중요하지만 결혼생활이 진행될 때 어떤 상호작용을 하는지가 결혼생활에서 매우 중요하다는 의미이다. 결혼생활을 잘 영위하고 행복으로 이끌고 있는 사람은 처음의 만남을 아름다운 만남으로 표현한다. 현재 결혼 만족도가 떨어질 때만 관계의 역사를 처음부터 부정적으로 다시 쓰게 되는 것이다.

만족스러운 결혼생활을 하는 사람들의 공통점을 살펴보면 끊임없이 상대를 존중하고 좋아한다는 긍정적인 표현을 하고 있고 상대의 욕구에 귀 기울이는 행동을 한다. 관계가 나쁜 사람들은 만남을 탓하면서 부정적인 상호작용만 하게 되는데 그 누구도 이런 관계에서 만족과 행복을 느낄 수가 없게 된다. '잘못된 만남'의 운명을 논하기 전에 현재의 결혼생활을 돌아보고 잘 관리하는 것이 더 현명하고 필요한 일이다.

우리가 우리답게
사랑하지 못하는 이유。

영국의 심리학자 헨리 딕스는 부부관계에는 세 가지 차원이 있
다고 보았다. 첫째는 사회적 가치와 규범이 요구하는 사회문화적
차원이다. 결혼적령기가 되면 대부분의 사람이 결혼을 하고, 결혼
후 아이를 낳는다. 이는 사람들이 사회적 기대에 맞춰 살아가기
때문에 결혼을 하고 또 가정을 유지하게 된다는 설명이다.

두 번째는 개인적 차원으로, 결혼을 통해 안전과 애착에 대한
욕구를 충족하고자 한다. 누군가 옆에 있으면 훨씬 든든하고 의지
가 되는 것이 사실이다. 단지 혼자 있는 것이 외로워서 결혼을 하
는 사람도 많다. 외로움을 피하는 데 급급한 나머지 상대를 제대

로 보지 않고 결혼하는 경우도 간혹 보게 된다.

마지막으로는 무의식적인 욕구와 기대 차원이다. 모든 사람은 성장하면서 원 가족으로부터 보살핌을 받기도 하지만 상처를 받기도 한다. 이 심리적 상처란 기본욕구가 좌절된 경험들로 인해 만들어진다. 기본욕구란 사랑받고 존중받으며 자신이 원하는 것을 할 수 있고 싫어하는 것을 피하며 자신이 원하는 삶을 살아가는 자율성과 통제의 욕구 등이다. 이러한 욕구들이 좌절되면 무의식에 심리적 상처로 자리 잡게 된다. 많은 사람들이 결혼이란 이러한 상처가 치유될 수 있는 기회가 될 것이라고 무의식적으로 기대한다.

딕스는 결혼관계가 유지되기 위해서는 위의 세 가지 차원 중에서 적어도 두 가지 차원은 채워져야 한다고 보았다. 딕스의 분석은 상당수 부부들이 싸우면서도 왜 함께 살아가는지, 또 문제가 없어 보이는 부부가 왜 갑자기 헤어지는지를 설명하는 데 도움이 되곤 한다. 특히 세 번째의 무의식적 기대 차원은 마치 숨어 있는 암세포처럼 어느 순간 급작스럽게 결혼을 파괴시키기도 한다.

이혼이 흔한 일이 되긴 했지만 이혼은 막상 당사자에겐 결코 사소한 일이 아니다. 결정도 어렵고 긴 이혼 과정에서 겪는 스트레스도 만만치 않으며 시간이 지나더라도 매우 심각한 심리적 상처를 남긴다. 부부갈등으로 인해 상담을 찾아오는 때는 이혼을 결정하는 초기이기도 하고, 법적 이혼이 진행되는 때이기도 하고, 또 법적 이혼이 모두 마무리된 이후일 때도 있다. 각 시기마다 다른 어려움이 있기 때문에 어느 시기에 오더라도 상담은 도움이 된다. 이혼 조정 기간에 오는 경우에는 이혼을 접게 되는 경우도 꽤 많이 있다.

갈등을 겪던 부부가 부부 상담을 통해 화합을 결정했고, 새 출발을 약속하게 되었다. 그 부부가 상담받은 것은 거의 5년 전 일이었다. 석 달가량의 상담을 통해 부부는 자신과 배우자의 심리적인 문제들을 이해하게 됐고, 부부관계도 꽤 회복되었다. 부부는 "이제부터는 스스로 문제를 해결할 수 있겠다"며 상담을 종료했다. 그러고선 소식이 없었는데, 시간이 제법 지난 후 아내에게서 연락이 왔다. 반가운 마음에 안부를 물으니 최근 이혼을 했다고 했다. 이제 새로운 삶을 시작해야 하는데 상담의 도움을 받고 싶다고 했다.

그동안의 사연을 들어보니 남편은 이혼을 원치 않았다고 한다. 그러나 아내는 다시 이혼을 원했고, 이에 대해 법원에서는 아내의 편을 들어주었다. 아내로서도 쉽지 않은 결정이라고 했다. 무엇보다 자녀들을 생각하면 이혼을 망설일 수밖에 없었다고 한다. 게다가 남편이 수입이 좋았기 때문에 남편과 함께 살면 경제적으로 풍요로운 생활을 누릴 수도 있었다. 그러나 긴 망설임 끝에 아내는 결국 이혼을 선택했다.

아내의 경우, 개인적 차원과 심리적 무의식 차원에서의 욕구가 충족되지 않았던 것으로 보였다. 부부 상담을 받고도 남편은 아내가 자신에게 순종할 것을 요구했다. 시댁에도 절대적으로 헌신해야 하며, 자신이 밖에서 하는 일에 대해서는 궁금해하지도 말고 백 퍼센트 믿기만을 원했다. 누구를 만나는지, 어떤 식으로 사업을 하든지 상관하지 말라고 했다. 그 대신 넉넉한 생활비를 주는 것을 자신의 역할이라고 생각하며 이것만은 성실하게 이행했다.

이런 남편의 가부장적이고 일방적인 모습은 아내의 존중과 애착에 대한 기대를 좌절시켰다. 아내의 친정아버지는 가부장적이고 독선적인데다 딸과 아들을 차별대우하며 키웠다. 남편의 독불장군식 행동과 여자를 무시하는 태도는 과거의 기억을 자꾸 떠올리게 하며 아내의 무의식에 잠재된 상처를 계속 건드리고 있었다.

아내와 남편은 5년 전, 상담을 통해 부부의 역동을 이해하고 통찰하는 듯했다. 하지만 그들의 무의식에 남아 있던 심리적 상처는 완전히 치유되지 않았다.

아내는 지금 자그마한 아파트에서 자녀들과 함께 지낸다고 했다. 경제적으로 빠듯하지만 마음은 편하다고 했다. 5년 전 부부 상담을 할 때 시간이 걸리더라도 무의식적 상처를 좀 더 오래 다뤘어야 했다는 후회가 밀려왔다. 무의식적 상처는 마치 완전히 제거되지 않은 암세포처럼 갈등이 자랄 수 있는 환경이 되면 다시 문제와 갈등이 생기도록 만든다. 심리 상담은 표면적인 갈등이 제거되었더라도 필요에 따라 장기적으로 진행되어야 한다. 무의식적 상처를 제대로 짚어내고 이를 성찰하는 과정을 충분히 겪어야 상대에 대한 이해를 새로이 할 수 있다. 그제야 우리는 길고도 풍랑 가득한 결혼생활의 항해 속에서 우리답게 사랑할 수 있다.

나 자신을 더 사랑할 수 있게
만드는 만남。

몇 해 전 언론매체를 통해 국내 최고 재벌가 딸의 이혼을 둘러
싼 공방이 전해졌다. 남편이 가정을 등한시했다는 아내의 이혼 사
유에 이어 남편은 자신의 부모가 손자가 아홉 살이 되도록 손자를
볼 수 없었다며 호소를 했다. 그들은 서로 각자의 관점에서 관계
가 악화된 사유를 하나씩 꺼내어 제시하였다. 이는 이혼 과정에서
흔히 보게 되는 '더러운 빨래 꺼내기' 작업이다. 꺼낼수록 가슴이
답답해지지만 한 사람이 뭔가를 꺼내면 다른 상대방도 또 다른 것
을 꺼내면서 쌍방공방은 계속 이어진다. 무엇인가가 꺼내질 때마
다 그것을 접하는 제삼자들은 한쪽 '편들기' 역동에 휩싸인다.

재벌가의 딸과 평범한 회사원의 만남이라는 그들의 결혼은 많은 사람의 관심을 받았다. 비슷한 사람끼리 만나는 것이 좋다는 일반적인 생각으로 우려를 사기도 했지만, 사회 통념을 깨는 그들의 만남은 많은 사람들에게 배경을 뛰어넘은 순수한 사랑에 대한 동경을 만들어주기도 했다. 하지만 유감스럽게도 그 사랑은 깨지고 말았다.

　남편은 아내를 통해 신분이 상승되었다며 일명 '남데렐라'라는 별명을 갖기도 했다. 신데렐라는 왕자를 만나 행복하게 살았는데 남데렐라는 어떨까? 신데렐라 동화의 결말은 그들이 행복한 결혼식을 하는 것으로 끝났다. 하지만 그들이 어떻게 살았는지에 대해서는 전해주지 않는다.

　누구나 꿈꾸는 신데렐라의 기적! 멋진 왕자님이나 이웃나라 공주가 오면 자신의 운명은 한순간에 영원한 행복으로 바뀌게 될 것이라는 기대. 우리는 그렇게 우리의 운명을 바꾸어줄 배우자만 만나면 행복해질 수 있을까? 그렇다면 내 운명은 과연 배우자에게 달려 있는 것일까? 그러나 자세히 살펴보면 신데렐라의 운명을 바꾼 것은 왕자가 아니라 신데렐라 자신이었다는 것을 알 수 있다. 만약 꿈도 없고 본인의 처지를 비관만 하는 우울한 사람이었다면 왕자는 신데렐라와 사랑에 빠지지 못했을 것이다. 신데렐라가 재투성이의 운명을 바꾼 것은 불운한 처지에 있으면서도 품위를 잃지 않으며, 자신이 근원적으로 고귀한 운명을 지녔다는 꿈을 잃지 않은 데 있다는 사실이다. 아마도 왕자는 가려져 있는 신데렐라의 아름다운 내면을 보았을 것이다.

또 비록 아름다운 내면을 가졌다 하더라도 신데렐라가 왕궁에 들어가 왕비로 살아가려면 계모의 구박을 받는 것 이상의 고충이 따랐을 수 있다. 어쩌면 왕궁에서의 생활이 부엌에서 일하는 것보다 더 어렵게 느껴질 만큼 힘들 수 있다는 것이다. 새로운 역할은 너무나 낯설고 막막하다. 그러나 그런 어려움을 이해하고 헤아려 주는 사람은 없다. 오히려 그 역할을 못 해낼 때 기다렸다는 듯이 그것을 비난하려는 시기와 질투의 눈들이 도사리고 있다. 외로움뿐만 아니라 긴장과 무한 책임감의 연속인 것이다. 이를 견뎌내는 것은 쉽지 않다. 신데렐라는 이때 새로운 역할과 관계 속에서 의연하게 자기를 지켜낼 내적인 힘이 있어야 한다. 그래야만 신데렐라의 삶은 행복한 이야기로 계속 이어질 수 있다.

또한 왕자도 매우 적극적으로 신데렐라를 찾아 나선 것이다. 신데렐라가 자신의 처지를 바꿔줄 왕자를 만나는 장면에서 왕자

역시 자신의 운명을 바꿔줄 배우자를 찾고 있다는 사실을 놓쳐서는 안 된다. 배우자의 만남은 어느 한쪽에서의 선택이 아니라 양쪽의 선택이다. 왕자는 부와 권력을 가진 완벽한 존재 같지만 그 안에는 깊은 상처와 무력한 모습이 있을 수 있다. 배우자를 통해 이러한 자신과 대면해나가며, 이를 수용하고 이겨나가려는 무의식적 의지가 숨어 있는 것이다. 그에 반해 신데렐라는 자신을 사랑하고 존중해줄 존재가 필요하다. 신데렐라와 왕자는 상대의 모습을 통해 자신의 완성을 추구해가는 것이고 그러기 위해서 서로가 필요하다. 이를 인정할 때 부부는 좀 더 공평해지고 당당해질 수 있다.

생각나는 내담자가 있다. 그녀의 표현에 의하면 자신은 가난하고 불행한 집안의 자녀였고 남편은 아버지가 큰 사업을 하는 부유한 집안의 아들이었다. 연애시기에는 문제가 없었는데 막상 결혼을 하려니 자신의 집안이 기운다는 것이 부담이 되었다. 그런 건 문제가 되지 않는다는 남편의 말을 믿고 결혼했지만 시댁에 갈 때마다 위축되는 건 어쩔 수가 없었다. 아내는 상담 과정에서 이런 고충을 털어놓았고 우리는 그 해결책을 찾아가기로 했다. 다행히도 아내는 이 문제를 해결하기 위해서는 자신이 변해야 한다는 것을 인지하고 있었다. 자신에 대해 좀 더 자신감을 가져야 했고 당당해져야 했다. 부모님은 비록 가난하고 배움이 짧긴 했지만 어려움 속에서도 꿋꿋하게 살아내신 힘은 본받을 만한 것이었다. 그리고 충분히 존경받을 자격이 있는 성실한 분들이었다. 아내는 부모님이 자랑스러워졌다.

본인의 장점도 찾아보았다. 남편이 자신에게 부족한 면만 보았다면 절대로 결혼했을 리가 없다. 자신은 밝고 명랑한 성격을 가졌고 또 문학적인 감각과 이를 삶에 적용하는 취미가 있었다. 많은 시를 외우고 있으며 때에 맞게 그 시를 읊으며 삶을 관조하곤 하였다. 그런 모습을 볼 때마다 남편은 감동을 받았다. 자신은 멋진 사람이었고 남편은 그것을 알아본 사람이었다. 그러고 보니 남편이 추구하는 것은 부나 사회적 지위가 아닌 내적인 것이었다는 것도 깨닫게 되었다. 이야기를 나눌수록 그녀는 그런 남편이 더 존경스러워졌고 또 자신감도 생겼다. 얼마 안 가 우리는 더 이상의 상담이 필요하지 않다는 것을 깨닫고 즐거운 마음으로 상담을 마무리했다.

아무리 참된 사랑이라고 해도 할 수 있는 것은 제한되어 있다. 결혼이 결혼 전까지의 삶을 없애고 새로운 사람으로 태어나게 하지는 않는다. 즉, 평범한 남편을 재벌가의 자녀로 만들 수 없듯이, 재벌가의 아내를 평범한 소시민의 자녀로 만들 수도 없다. 참된 사랑이라면 상대의 특성을 인정하고 그가 자신감을 갖게 하는 것이다. 다시 말하면 배우자는 '숨겨진 나'와 '보여지는 나'를 통합해 나 자신을 더 사랑하도록 하는 사람이다. 우리는 배우자를 통해 '있는 그대로의 자신'을 사랑하고 바로 세울 수 있다.

신데렐라와 왕자는 상대의 모습을 통해
자신의 완성을 추구해가는 것이고
그러기 위해서 서로가 필요하다.
이를 인정할 때 부부는
좀 더 공평해지고 당당해질 수 있다.

늘 나만
나쁜 사람이 되지。

　상담하러 온 아내는 착한 남자와 사는 고충을 털어놓았다. 남편은 '착한아이 콤플렉스'를 가지고 있어 남의 부탁을 거절하지 못한다고 했다. 직장에서도 힘든 일은 도맡아 하며, 상대가 원치 않아도 먼저 도움을 제공하는 일이 많았다.

　남들에게는 이렇게 호인이지만 아내와 자녀에게는 그리 좋은 평을 듣지 못했다. 남을 위해 늘 출동 대기 상태인 남편은 가족과 함께할 시간이 거의 없었고 어쩌다 있는 가족과의 약속도 남을 위해 즉흥적으로 취소되기 일쑤였다. 남편은 적금을 타거나 목돈이 모이면 부모님께 드리거나 형이나 누나들에게 몽땅 빌려주기가 다반사였고 정작 자신이 필요할 때는 대출을 받아서 쓴다고 했다.

남편이 싫은 소리를 못하고 이용당한다는 느낌에 아내는 자연스럽게 악역을 맡을 수밖에 없었다. 남에게 잘하는 남편을 제지하고, 자신들의 몫을 챙기는 것은 아내의 역할이 되었다. 남편은 그런 아내에게 "인정이 없다", "독하다"며 비난했다. 이런 문제는 잦은 부부싸움으로 번지고 아내는 점점 지쳐가고 있었다.

남편의 성장 과정을 들어보니 오남매 중 막내로 태어나 순하고 손이 안 가는 아이였으며 부모님에게는 착한 아이로 늘 칭찬받았다고 했다. 마음만 호인인 아버지는 경제적으로 무능력해서 어머니가 가정경제를 책임져야 했다. 바쁜 어머니 밑에서 자라면서 남편은 부모님의 자상한 보살핌이나 사랑을 받지 못했다. 부모님께 관심과 사랑을 받는 것은 오로지 착한 행동을 할 때뿐이었으며 그 외에는 항상 외롭고 방치된 아이였다.

상담을 하러 온 사람은 아내였기 때문에 남편의 변화는 간접적으로 이루어질 수밖에 없었다. 우선 남편의 심리를 파악하고 이해하는 것이 필요했다. 남편은 원 가족에서 자신의 존재감을 착한 아이 역할을 통해서만 확인할 수 있었고, 착한 역할을 하지 않으면 아무도 자신을 인정하지 않을 것이란 불안을 가지고 있었다.

그 불안으로 인해 늘 남들 앞에서 전전긍긍하게 되었고 정작 자신의 욕구는 접어두게 되었다.

또 중요한 점은 남편은 아내를 어린 시절의 부모님으로 동일시하고 있다는 것이다. 그토록 착하기만 한 남편이지만 아내에게만큼은 매몰차게 고집스럽고 거친 화를 쏟아내는 사람으로 돌변했다. 이는 성장 과정에서 부모가 자신에게 관심과 사랑을 주지 않은 것에 대한 분노와 서운함을 애꿎은 아내에게 쏟아붓는 형태였다. 아내에 대한 이러한 태도는 지금까지 표현해보지 못한 부모에 대한 원망과 투정이라고 볼 수 있다.

비난

아내:
남편의 착한 행동에
대한 불만

남편:
아내가 자신처럼 착한 행동을
하지 않음에 대한 불만

비난

또한 부부의 관계 역동을 보면 착한 남편(?) 덕분에 나쁜 아내가 되어야 하는 아내의 비애를 확인할 수 있었다. 결과적으로 아내는 악역을 맡게 되고, 또 이를 두고 남편이 아내를 비난하는 것이다.

부부는 악순환을 거듭하는 관계의 강박프로세스에 놓여 있었다. 상담을 진행하면서 해결책을 찾아보았다. 우선 이런 무의식적인 악순환에서 빠져나오기 위해 아내는 두 가지 과제를 실천하기로 했다.

첫 번째는 편안한 대화가 가능할 때 기회가 될 때마다 남편에게 어린 시절의 이야기를 물어보기로 했다. 어린 시절의 이야기를 편안하게 하면서 좋은 추억도 꺼내보지만 아프고 힘들었던 시간도 돌아보도록 하였다.

남편은 학교를 마치고 집에 돌아가면 늘 아무도 없는 방에서 덩그러니 밥을 차려 먹어야 했다. 어쩌다 마주하는 부모님은 화가 나 있거나 그늘져 있는 얼굴을 하고 있었다. 초등학교에 들어가기 전, 3년이나 친척집에 맡겨져 가족을 그리워했던 기억은 지금도 아팠다. 언제 나를 데리러 올까 마음을 졸이며 부모 없는 시간을 견딘 것은 어린 그에게 형벌이나 다름없었다. 착하게 행동하지 않으면 다시 버려질 수도 있다는 마음이 들었고 그런 불안은 늘 그를 괴롭혔다. 바쁘고 여유 없는 부모 밑에서 막내로 자라면서 얼마나 외로웠는지, 사랑받기 위해 얼마나 애써야 했는지, 어떤 이야기라도 아내는 남편의 이야기를 충분히 들어주고 수용해주기로 했다.

두 번째는 평소에 자주 남편이 소중한 사람임을 말해주기로 하였다. 남편이 뭔가를 해줄 때만 좋아했다면 이제는 남편의 존재 자체로 행복하고 감사함을 표현하기로 하였다.

남편이 아내를 부모와의 무의식적 동일시에서 빠져나오게 하는 작업은 성공적이었다. 무엇보다 아내는 남편을 이해하고 수용하기 위해 자신의 감정을 다스려야 했다. 자신도 남편에게 이해받고 수용받고 싶었지만 이것을 요구하면 예전의 악순환으로 돌아간다는 것을 잘 알기에 참고 또 참았다. 이 과정은 결코 쉽지 않았다. 하지만 이 과정을 인내했고 감정이 휘몰아칠 때마다 남편을 더 이해해보려고 마음먹었다.

"나도 알겠어. 당신이 얼마나 외로웠을까. 한 번쯤 따뜻하게 안아주고 돌아봐주었으면 하는 마음이 많이 들었겠다. 그건 당신 잘못이 아니야."

  아내의 노력은 서서히 빛을 보기 시작했다. 어린 시절의 감정
들을 찾아내고 표현하며 인정받기 시작하자 남편은 조금씩 여유
있는 사람이 되어가고 있었던 것이다. 남편이 서서히 남에게 잘해
줌으로써 인정받으려는 모습에서 벗어나는 만큼 아내 역시 악역
에서 벗어날 수 있었다.

  남들에게는 그저 착하기만 한 남편은 가장 가까이에 있는 아내
에게 고통의 시간을 주고 있었다. 멀고도 가장 가까운 부부에게는
언제나 갈등이 생길 수 있다. 부부갈등을 극복하는 길은 마음을
정직하게 들여다보는 일과 그 마음과 소통하려는 노력이다.

결혼이 모든 사랑의
해피엔딩일 수는 없다

이혼서류를 법원에 제출한 젊은 부부가 상담소를 찾았다. 사정을 들어보니 아내 쪽에 귀책 사유가 있었다. 애초에 남편은 화가 나서 이혼을 요구했지만 자녀까지 있는 부부로서 이혼을 해도 행복해질 것 같지 않아 이혼 소장을 철회하고 싶어 했다. 그런데 처음에 잘못을 빌던 아내가 오히려 이혼할 것을 고집한다고 했다.

아내의 복잡한 마음이 짐작되어 아내의 개인 상담부터 진행했다. 아내는 전형적인 둘째였다. 더 정확하게 말하면 상처받은 둘째였다. 언니에 이어 둘째로 태어났고, 밑으로 남동생을 두었다. 언니는 야무지고 똑똑해서 집안 전체의 주목을 받았다. 동생은 집안에서 바라던 아들이어서 처음부터 환영받는 존재였다. 상대적으로 존재감이 없는 아내는 부모의 관심도, 특별한 보살핌도 받지 못했다. 게다가 몸도 허약하고 야무지지도 못해 부모에겐 늘 미덥지 않은 자식이었다. 뭘 해도 부족하다고 했고, 잘하는 것이 있어도 평가절하되거나 우연히 생긴 행운으로 해석되곤 했다.

이런 성장 과정을 겪다 보니 아내는 자신만을 '최고'라고 해주는 남자를 만나고 싶었다. 다행히 그런 희망을 채워주는 듯한 남편을 만났다. 남편은 자신만을 바라보았고 부모에게서 들어보지 못한 멋진 찬사를 자주 해주었다. 아내는 기대감을 안고 결혼을 결정했다. 그러나 부모님과 형제자매는 아내의 결혼 결정을 못마땅해했다. 변변치 않은 둘째딸이 좋은 신랑감을 찾았을 리가 없다고 불신했고 여러모로 부족한 딸이 가정을 제대로 꾸리지 못할 거라고 염려했다. 가족들의 반응은 슬픔을 느끼게 했지만 매우 익숙한 일이기도 했다. 혹시나 축복해줄까 하는 기대는 무너졌지만 결혼계획을 번복하고 싶진 않았다. 가족에게 좋은 소리를 듣는 것은 상상이 안 가는 일이기도 했다. 예상했던 일이라 실망도 크지 않았다. 결혼은 예정대로 추진되었고 드디어 부모로부터의 독립이 시작되는 듯했다.

하지만 친정식구들의 부정적인 평가와 염려는 아내를 옭아맸다. 결혼생활 내내 자신감이 없었고 뭔가 잘못되고 있다는 부정적인 느낌과 예상으로 행복하지 않았다. 그러다 보니 아내는 남편에게도 자녀들에게도 편안한 존재가 되지 못했다. 늘 짜증과 불만에 쌓인 아내를 보며 남편은 점점 지쳐갔다. 집에 오면 감수해야 하는 불편한 감정을 피하기 위해 남편은 더 회사 일에 몰두했다. 아내는 남편이 자신을 돌보지 않고 멀리하는 것을 보자 분노했다. 남편에 대한 기대가 좌절되는 것도 힘들었지만 그로 인해 부모님에게서 받은 상처가 건드려지는 것이 더 힘들었다. 모든 원망과 분노는 남편에게 쏟아졌다. 결국 아내는 남편에 대한 복수로 외도를 감행했다. 외도의 발각, 남편의 분노와 이혼 요구…. 일련의 사건들은 점점 심각한 상황으로 빠져들었다.

아내의 '외도'라는 유책 사유를 제외하고 이 부부의 갈등의 진행을 보면 딱히 어느 한쪽의 잘못이라고 단정할 수 없다. 아내의 외도는 자신의 상처에 대한 자기파괴적 분풀이에 불과했다. 다행히 남편도 이를 인정했다. 상담이 진행되면서 남편은 관계를 회복하고 가정을 지키고 싶다고 했다. 이혼 결정을 철회한 것이다.

그러나 정작 아내는 남편의 이해에도 불구하고 극구 이혼을 하겠다고 했다. 그녀에게 이혼하고 어떻게 살고 싶으냐고 물으니 친정에 들어가서 살겠다고 했다. 부모님에게 그토록 무시받으며 성장했다면서 그곳으로 다시 들어가는 심리는 어떤 것이냐고 물었더니 혼자 살아갈 힘이 없기 때문에 부모에게 의지할 수밖에 없다는 대답이 돌아왔다.

아내의 논리는 표면상 이해하기 어렵다. 하지만 자세히 들여다보면 이해되는 면도 있었다. 부모에게 인정받지 못하고 사랑받지 못한 상처는 그 어느 곳, 그 누구에게도 위로받을 수 없었을 것이다. 문제를 일으켜 다시 부모에게로 돌아가야 하는 상황을 만들면 부모는 받아줄 수밖에 없을 것이다. 또 어쩌면 이런 상황으로 인해 어린 시절 맛보지 못했던 관심을 받을 수 있다는 기대를 갖게 되는 점도 있다. 그러나 만약 기대와 달리, 부모가 잘해주지 않아도 아내 입장에선 손해 볼 것이 없다. 부모에게 걱정을 끼침으로써 간접적으로 부모에 대한 분노와 원망을 퍼붓는 달콤함이 있어서이다.

하지만 상담 과정에서 아내를 설득하기로 했다. 그 방법은 좋은 해결책이 아니기 때문이다. 아내가 상처에서 벗어나 가족과 자신을 이해하고 진정으로 행복한 삶을 찾아가도록 도와주고 싶었다. 만약 아내가 친정에 들어가게 되면 그들이 사는 모습은 불 보듯 뻔하다. 부모는 이혼하고 온 둘째딸을 이해하고 존중해줄 리 없고 또 존중받지 못하는 아내가 행복하게 지내기도 힘들 것이다. 그렇다면 이번 기회에 아내는 어떤 삶을 살 것인지 잘 생각해보아야 했다. 다행히도 아내는 나의 설득을 귀담아 들었다. 개인 상담을 통해 아내의 일상생활을 돌아보며 본인이 원하고 만족하는 일이 무엇인지를 찾아보았고 누군가의 관심을 받지 않아도 혼자서 행복하고 편안한 시간이 있다는 것을 깨닫고 체험해 나갔다. 또 자신의 장점과 자원도 찾아보았고 그동안 묵혀서 빛을 보지 못한 재능들도 재발견해 나갔다.

아내의 삶이 새롭게 시작되고 있었다. 상담 초기에는 주변사람들 탓만 하던 대화는 어느새 신나는 아내의 개인 이야기로 가득 채워져 나갔다. 변화된 그녀를 만나는 것만으로도 상담실은 생기가 도는 듯했다.

이미
마음은 떠났다.

서양에서는 부부가 서로에게 사랑을 느끼지 못하면 이혼하는 '파탄주의'를 우선으로 한다. 반면 우리나라에서는 유책 사유가 있는 경우에만 이혼이 가능하다는 '유책주의'를 취하고 있었다. 그런데 개인의 행복추구권을 인정하면서, 유책이 없어도 마음이 떠난 경우에 결혼생활을 강요할 수 없다는 사회적인 변화가 오고 있다. 하지만 대법원에서 유책이 있는 배우자는 이혼을 요구할 수 없다는 판결이 나오면서 유책주의와 파탄주의가 다시 논란이 되고 있다.

유책주의나 파탄주의는 모두 장단점이 있다. 유책주의의 장점이라고 한다면 부부가 결혼생활에 더 책임을 가지게 하며 단순히 마음이 변했다는 이유로는 가정을 깰 수 없다는 인식을 만들어준다. 그러나 이미 사랑이 사라졌음에도 불구하고 형식적인 결혼생활이 유지되어야 한다면 이 또한 당사자들에게는 심각한 불행이 아닐 수 없다. 파탄주의가 개인의 행복추구권을 좀 더 존중하는 장점이 있지만 결혼생활을 하다 보면 개별적인 타인이 서로 만나 가정을 이루고 이를 적응해 나가는 과정에서 갈등을 경험하게 된다. 이 시기에 생기는 갈등으로 인해 이혼을 생각하게 되는 수많은 순간들을 경험하기도 하고 권태기도 있는 것인데 이때마다 이혼을 하게 되면 아마 이혼이 넘쳐나는 세상이 될 것이다. 부부야 각자가 원해서 이혼을 한다지만 이혼으로 인해 고스란히 피해를 보는 것은 자녀들이고 그 치명적인 심리적 상처는 평생을 지고 가는 경우가 허다하다 보니 행복추구권이 오히려 불행추구권이 되는 결과를 만들 수도 있다. 이혼은 어떤 제도를 적용하더라도 힘든 결정임에는 틀림이 없다.

상담실을 찾은 중년의 남자는 결혼 5년 차로 이혼 위기에 처해 있었다. 그는 최근 아내가 다른 남자를 만나는 것을 알게 되었다. 남편이 이를 추궁하자 아내는 오히려 이혼하자고 반응했다. 아내의 외도는 분명 용서하기 힘든 부분이지만 남편은 이혼은 하고 싶지 않다고 털어놨다.

　남자는 그동안의 결혼생활을 돌이켜보니 아내에게 무심했다고 반성했다. 전업주부였던 아내는 신혼 때 맛있는 음식을 만들어 저녁을 준비했고, 주말이면 부부가 함께 보내는 시간을 만들고자 노력했다. 그러나 어찌된 일인지 남자는 결혼 직후부터 마치 권태기에 들어선 사람처럼 결혼생활에 흥이 없었다고 했다. 일이 끝나도 회사 일을 핑계로 매일 저녁 늦게 귀가했다. 점차 부부는 대화가 없어지고 각방을 사용하면서 결국 무늬만 부부인 채로 지내게 되었다. 그러던 중 아내가 직업을 갖고 새로운 일을 찾아 나섰다. 직장에 나가게 되면서 아내는 삶의 활력소를 얻는 것 같더니 수위를 넘어서고 말았다. 직장에서 다른 남자를 만나게 됐고, 서로 사랑하는 사이가 된 것이다. 남편은 우연히 이 사실을 알게 되었고 자신들의 부부관계가 위기를 맞고 있음을 인식했다. 처음에는 아내에게 화를 냈지만 정신을 차려보니 그동안 인식하지 못했던 결혼생활이 얼마나 소중한 것이었는지를 깨닫게 되었다. 남편은 아내가 잘못을 인정하고 다시 가정으로 돌아오기를 원했다.

　나는 남편의 이야기를 듣고 난 후 두 사람의 관계를 회복하기 위해서는 부부 상담의 필요성을 느꼈다. 하지만 상담에 임하는 부부의 마음은 서로 달랐다. 남자는 아내의 마음을 돌리기 위해 "앞으로 잘할 테니 다시 잘해보자"고 애원했다. 그러나 아내는 "외도로 남편에게 상처를 주었기에 그에 대한 용서와 화해를 구하는 의미에서 상담에 참여할 뿐"이라고 하면서 이혼 의사를 확고하게 비쳤다.

남자는 아내가 이혼 결정을 고수하자, "부부는 유책 사유가 있어야만 이혼하는 것이고 마음이 떠났다는 것만으로는 이혼할 수 없다"고 주장했다. 그리고 아내에게 유책이 있지만 용서해줄 테니 결혼생활을 유지하자고 설득했다. 그러나 아내는 "이미 파탄이 난 관계에서 더 이상의 신뢰도, 희망도 가질 수 없다"고 반박했다. 이혼에 있어 남편의 '유책주의'와 아내의 '파탄주의'가 팽팽하게 맞서고 있었다.

상담자가 보기에 결혼을 유지하려는 남편의 의지는 긍정적으로 보였으나 그가 이를 대하는 모습은 심리적으로 매우 경직돼 있었다. 무조건 이혼은 안 된다고 윽박지르기도 하며 아내를 설득하고 강요하는 그의 태도는 이미 마음이 떠나 결혼생활을 유지할 수 없다고 보는 아내의 마음을 더 멀어지게 만들고 있었다.

법적으로는 아직 유책주의가 효력이 있을지 몰라도 심리적으로는 파탄주의를 인정해야 한다. 잘잘못의 패러다임으로는 깨진 관계가 이어지지 않기 때문이다. 두 사람을 지켜보면서 '남편이 아내를 진정 사랑한다면 떠나고 싶어 하는 아내의 마음을 인정해야 하지 않을까?'라는 생각이 들었다. 어쩌면 남편이 아무 조건 없이 아내의 마음을 받아준다면, 아내 또한 결혼생활에 대한 심경의 변화를 일으킬 수도 있다. 물론 아내가 그대로 떠날 수도 있을 것이다.

아내의 생각은 남편 기분에 따라 자신을 홀대하고 싶으면 홀대하다가, 필요하다고 생각되면 또 옆에 있도록 강요한다고 보았다. 남편에게는 아내의 마음이 어떤지 헤아려보는 존중의 마음이 없다고 느껴졌다. 아내가 남편에게서 보고 싶은 것은 아내의 마음을 있는 그대로 인정하고 따라오는 것이었다. 그러나 남편은 아내의 마음을 인정하는 순간 아내가 떠날까 두려워서 상대방의 마음을 들여다보지 않았다. 평행선을 그리는 상담은 장기간 이어졌다. 떠난 마음을 다시 돌리기는 어려워 보였다.

상담을 한다고 해서 항상 이혼갈등이 해결되고 부부가 화합하는 결론으로 끝나는 것은 아니다. 상담은 절대적으로 결과를 열어

상담을 한다고 해서 항상 이혼갈등이 해결되고
부부가 화합하는 결론으로 끝나는 것은 아니다.
상담은 절대적으로 결과를 열어놓고 진행해야 한다.

놓고 진행해야 한다. 상담의 종착점이 윤리나 법리에 근거한 결론이 아니기 때문이다. 물론 마음이 존중받고 선한 의지가 자연스럽게 펼쳐지면 결과는 자신이나 상대에게도 좋은 결론이 나는 경우가 많지만 처음부터 이를 전제로 해서 상담을 진행하다 보면 마음의 부담만 안겨줄 수 있다.

결혼이 모든 사랑의 해피엔딩일 수는 없다. 결혼은 수십 년간 다른 삶을 살았던 존재와 새롭게 발을 맞춰가야 하는 심리적 여정이다. 안타깝게도 이들 부부에게는 결혼이 고통의 여정이었다. 새로운 역할에 대한 마음의 준비가 부족하면 이 과정은 벅찰 수밖에 없다.

PART 4

구멍 난 빈 자리 메우기

힘들고 혼란스러운 것은 결코 나쁜 것이 아니다.

그것은 특정 상황에 대한 자연스러운 감정인 것이다.

그 감정은 빨리 없애야 하는 것이 아니라 충분히 존중해주어야 하는 것이다.

감정에 대한 존중은 그런 감정이 느껴질 만한 상황이나 조건에 대해

자세하게 이야기하며 인정해주는 것이다.

이제 엄마를
이해할게.

애착이론에서는 아기들에게 최초로 애착대상이 되는 엄마가 평생에 걸쳐 심리적인 항구가 된다고 설명한다. 사람은 태어나면 인생이라는 항해를 하게 된다. 나고 자라 성숙해가는 성장 과정을 통해 튼튼한 배가 되어 망망대해를 항해하는 모습이 바로 인생이라는 비유이다. 그러나 배가 항상 항해만 할 수는 없다. 가끔 배는 항구에 돌아와서 쉬면서 재정비도 해야 하고, 다시 항해를 할 수 있도록 주유도 가득 해야 한다. 이런 쉼터를 가지고 있는 배는 안전하고 먼 뱃길도 갈 수 있는 힘이 있다.

태어난 아기에게 애착대상이 되는 엄마는 자녀에게 이런 심리적 쉼터를 제공한다. 자녀는 성장해서 부모 곁을 떠나 인생이란 항해를 하지만 간혹은 엄마에게 와서 쉬어가는 시간도 필요한 것이다. 엄마라는 항구는 반드시 눈에 보이고 체험이 되어야 하는 것은 아니다. 물리적인 것이 아니라 심리적인 항구이기에 그저 엄마만 생각하면 든든하고 무조건적인 지지를 받는 느낌, 내 편이 있다는 느낌, 사랑받고 있다는 느낌을 받을 수 있다면 이는 심리적 쉼터로서의 항구의 역할을 하고 있는 것이다. 이런 쉼터로서의 항구가 없는 경우, 배가 쉽게 노후되고 기능이 약화되는 것처럼, 안전한 항구가 되어주지 못하는 엄마를 둔 사람은 심리적으로 힘이 약할 수밖에 없다.

내가 만난 내담자의 어머니는 안전하지 못한 항구였다. 그녀의 엄마는 딸에게 자신의 삶에 대한 하소연과 푸념을 망가진 녹음기처럼 반복했다. 평생 누워 있는 남편을 대신해 생계를 책임지고 사남매를 키우는 것은 엄마에게 버거운 일임에 틀림없었다. 그러나 그런 엄마를 이해한다고 해서 엄마의 모든 것을 포용할 수는 없었다.

엄마는 외모도 늘 초라했다. 값비싼 옷이 아니기도 했지만 늘 주변이나 상황에 어울리지 않는 차림을 하고 있어서 남들에게 엄마를 보이고 싶지 않았다. 게다가 엄마가 한 음식은 맛도 없었다. 남들이 엄마의 음식이 최고라고 하며 늘 엄마의 음식을 그리워하는 사람들을 보면 이해가 가지 않았다. 일상적인 일 처리 역시 미숙해서 남들에게 손해를 보는 일도 많았다.

그녀는 그런 엄마에게서 벗어나고 가난과 우울한 환경에서도 빠져나오기 위해 열심히 공부했고 어려서부터 아르바이트를 하면서 자신의 삶을 책임졌다. 하지만 엄마는 그렇게 열심히 사는 딸을 보며 자랑스러워하지 않았다. 오히려 딸이 혼자의 힘으로 좋은 대학에 들어갔을 때도 기뻐하지 않았고 또 좋은 배우자감인 남자를 만나 결혼을 할 때도 축하하기는커녕, 원망과 비난을 선물했다. 남들이 부러워하는 직장에 다니는 딸에게 경제적으로 기댈 수 있기를 바랐는데 엄마를 두고 시집가는 딸이 혼자만 살려고 하는 이기적인 아이라는 것이 엄마의 지론이었다.

결혼 후 엄마와의 관계는 거의 단절됐다. 명절 때 형식적인 만남이 다였다. 그러나 이조차도 부담스러웠다. 엄마는 남편에게 보이기 싫은 부끄러운 대상이었다. 정돈이 되지 않은 어수선하고 지저분한 집, 성의도 없어 보이고 실제로 맛도 없는 음식, 엄마에게 마음이 통하는 말이나 덕담을 기대한다는 것은 애초에 불가능한 일이라 여겼다.

그런데 별 도움이 되지 않는 엄마를 떠나기 위해 처절하게 애써왔건만 그녀의 삶은 열심히 사는데도 불구하고 늘 허전하고 자신이 없었다. 열심히 책임을 다하는 것만큼은 누구에게도 지지 않건만 남편에게도, 시부모님에게도 전전긍긍하게 되고 성년이 돼가는 아이들에게도 늘 조심스러웠다. 단 한 번도 소홀하지 않았던 아내·엄마·며느리 역할로 자신의 자리는 견고해져 있었으나 스스로는 늘 변두리에 있는 사람처럼 느꼈다. 불안전한 항구였던 엄마를 떠나 다른 곳에 안전한 항구를 만들었지만 정작 재정비도, '만땅' 주유도 안 되는 느낌을 어떻게 설명해야 할지 모르겠다고 했다.

엄마는 결국 그 어느 것으로도 대체되지 않는 자신의 내적 표상이다. 엄마를 떼어놓는다는 것은 자기 자신을 스스로에게서 떼어놓으려는 것처럼 무모한 시도이다. 이러한 시도가 불가능하다면 차라리 엄마를 적극적으로 만나는 것이 해결책이다. 이 만남은 실제의 만남이라기보다 마음으로 엄마의 존재와 삶을 이해하려는 능동적인 심리작업이다.

그녀는 용기를 내었고 우리의 탐색은 시작되었다. 가족의 기원

엄마를 떠나기 위해 처절하게 애써왔건만
그녀의 삶은 열심히 사는데도 불구하고
늘 허전하고 자신이 없었다.
엄마는 결국 그 어느 것으로도 대체되지 않는
자신의 내적 표상이다.

을 분석해보니 그녀의 어머니는 전쟁 중 폭격으로 인해 한순간에 운명을 달리한 부모님의 죽음을 목격했다. 어마어마한 심리적 트라우마를 입은 것이다. 그러나 그 트라우마에 머무를 겨를도 없었다. 줄줄이 어린 동생들이 있었기 때문이다. 자신도 어린 나이임에도 불구하고 동생들을 돌보며 살아온 삶은 희생의 연속이었다. 엄마는 결혼을 통해 처음으로 누군가에게 기댈 수 있는 삶이 열리는 듯싶었다. 삶이 조금 편해지나 했더니 남편인 아버지가 불행히도 사고를 당해 심각한 장애를 가지게 되었다. 남편의 사고로 인한 상처를 추스를 경황도 없이 자식들을 위해 또 살아내야 했다.

엄마의 삶을 다시 한 번 재조명해보니 엄마는 일생을 통해 엄청난 트라우마를 몇 번이나 겪으며 살아왔던 것이다. 트라우마는 쉽게 극복되지 않는 깊은 심리적 상처이다. 뇌에 남아 항상 현존하는 스트레스로 작동하기 때문에 지나간 일들을 과거의 기억으로 정리하고 분류할 수가 없다. 늘 불안하고 두렵고 무섭다. 그럼에도 불구하고 엄마는 평생에 걸쳐 자신의 의무라고 생각되는 가족을 지키는 일을 감당해냈다. 이는 마치 심한 사고를 몇 차례나 당해 몸을 제대로 쓰지 못하면서도 돈도 벌고 애들도 키워낸 것이나 다름없는 것이다. 엄마는 만성적인 우울증과 자살 사고 그리고 무기력과 피해의식에 시달리면서도 제대로 치료도 못한 채 삶의 무게를 견뎌냈던 것이다.

자녀는 엄마를 환자로 보기가 어렵다. 실신해 있는 엄마에게서도 젖을 빠는 아기처럼 우리는 안전한 항구로서의 엄마만 생각한다. 내담자는 상담을 통해 엄마의 심리적인 병에 대해서 얼마나 무관심했는지 인식할 수 있었다. 그녀의 눈에 엄마가 다시 보이기 시작했다. 엄마의 삶의 맥락을 이해하게 된 것이다. 엄마를 이해하게 되니 똑같은 현상도 다르게 다가왔다. 미움과 부끄러움으로 가득 찼던 마음은 점차 너그러워졌다. 명절은 아니지만 주말에 엄마에게 가봐야겠다고 말했다. 그럴 수밖에 없었던 삶의 필연적 단서를 발견하면 대상을 인간으로서 한층 더 이해할 수 있다. 그리고 그 과정에서 현재의 삶을 바꿀 수 있는 계기를 마련할 수 있다.

우리는 왜 이렇게
닮아갈까。

부부의 시작은 배우자의 선택부터이다. 배우자를 선택하는 과정에는 많은 심리적인 요소들이 개입된다. 자신과 비슷한 사람을 고르면서도 자신과 정반대의 면을 가진 사람에게 끌리기도 한다. 자신의 부모를 닮은 사람을 고르기도 하고 또 부모와 정반대의 사람을 고르기도 한다.

사람마다 중요하게 여기는 요소는 다르다. 어떤 사람은 외모만 보고 어떤 사람은 학력을 주된 조건으로 본다. 또 직업이나 집안을 보기도 한다. 이런 배우자의 선택은 가족심리학에서는 원 가족에서 만들어진 상처에 대한 자기 치유의 시도에서 나온다고 본다.

배우자 선택의 기준은 결국 자신의 원 가족과 원 가족에서 만들어진 심리적 경험에 기인하는 것이다. 그런데 이런 중요한 배우자의 선택이 잘못되는 경우도 많이 있다. 더 확실한 표현을 하자면 정작 본인이 선택해놓고 그 선택을 후회하는 경우가 그렇다.

평생 자신의 결혼을 후회한 여성이 나를 찾아왔다. 그녀는 남편을 보며 '왜 하필이면 이런 사람과 결혼했을까?' 되뇌며 살았다. 자신은 배우자 선택에 실패했기에 딸들만큼은 조건 좋은 배우자를 만날 것을 늘 강조했다. 그런데 큰딸이 데려온 남자친구를 보면서 "왜 하필이면!" 하는 소리가 절로 나왔다. 이름 모를 학교를 나온 데다 저임금의 불안정한 직장, 그의 부모 역시 평범하기이를 데 없는 사람들이었다. 딸의 앞날이 어두워 보였다. 힘이 빠지고 딸에게 분한 마음마저 들었다. 대를 이어 "왜 하필이면!"이라고 말하게 되는 이 상황의 원인이, 그 정체가 무엇인지 알 수가 없었다.

그녀는 어린 시절 가정형편 때문에 대학 진학을 할 수 없었다. 가족에게 보탬이 되고자 고등학교 졸업 후 바로 취업했는데 성실함과 총명함으로 회사에서 인정받았다. 그러나 뛰어난 능력에도 고졸 학력은 그녀의 가능성을 제한했고, 특히 배우자 선택에서는

한계가 생겼다. 능력 있고 조건 좋은 남자들이 구애를 했지만 그
녀는 자신이 없었다. 그러다 만난 한 남자와는 결혼을 생각할 수
있었다. 그는 그녀의 표현을 빌리자면 '가장 조건이 나쁜 남자'였
다. 남편은 자신과 별다르지 않은 학력의 평범한 월급쟁이였다.

처음부터 결혼을 후회한 것은 아니었다. 남편이 딱히 내놓을
것 없는 평범한 사람이기에 자신을 더 위해줄 것이라는 기대가 있
었다. 그러나 결혼 초부터 시작된 시댁과의 갈등은 남편이 전적으
로 아내의 편에 서지 못하게 만들었다. 남편에게 서운함을 느끼고
삐걱대는 일상이 계속되면서 남편과 마음이 맞지 않는 것에 절망
스러웠다. 남편에 대한 기대를 접다 보니 자연스레 자녀들에게 매
달리게 되었다. 자녀들을 헌신적으로 키우면서 딸들은 자신처럼
살지 않기를 바랐다. 훌륭한 배우자를 만나서 호강하며 살길, 그
래서 자신의 한을 풀어주길 바랐다. 딸들이 유복하고 행복하게 살
면 자신의 삶이 위로받을 것 같았다. 그러나 지금 큰딸은 바로 그
기대를 좌절시키고 있었다. 너무나 화가 난 그녀는 상담을 통해
딸의 결혼을 막을 방법을 찾고 싶어 했다.

상담을 하다 보면 이처럼 자신의 배우자 선택을 두고 "왜 하필
이면!"이라 말했던 사람이 자녀가 선택한 배우자를 보고도 똑같

은 말을 하게 되는 경우를 종종 보게 된다. 이것은 우연이 아니다.

딸들은 한 많은 어머니를 보면서 어머니를 위로하려고 노력한다. 어머니는 자녀에게 너무나 중요한 존재이고 어머니를 행복하게 할 수 있다면 어떤 일이라도 하고자 한다. 그러면서 어머니와 함께 한편이 되어 아버지를 미워해야만 하는 구조에서 성장하게 된다. 처음엔 무조건 아버지가 나쁘다고 생각하지만 나이가 들면서 점차 아버지에 대한 그리움과 연민을 느끼고 죄책감도 가지게 된다. 어머니 때문에 아버지의 위상도 형편없이 추락하였지만 이로 인해 아버지 없이 자란 느낌 역시 커다란 마음의 상처로 자리하게 된다. 아버지를 다시 좋은 사람으로 보고 싶기도 하고 또 이해하고 싶기도 한 것이다. 다른 한편으로 이 상황을 만든 어머니에 대한 원망이 자라기도 한다.

이러한 복잡한 감정들은 딸의 배우자 선택에 영향을 미친다. 아버지를 되찾기 위해서도, 아버지를 존재감 없게 만든 어머니에 대한 복수심으로도 아버지와 비슷한 사람을 선택하게 된다. 딸들은 부모에게서 벗어나지 못하고 부모로부터 심리적으로 분화되지 못한 채로 배우자를 고르게 되는 것이다.

그러나 딸의 결혼은 이러한 대물림을 끊을 수 있는 절호의 기회이기도 하다. 학벌과 경제력이 행복의 절대 조건이 아니라는 것을 직접 보여주면 되는 것이다. 그러려면 딸은 "왜 하필이면!"이란 후회가 들지 않도록 적극적으로 행복을 만들어가야 한다. 딸이 배우자를 선택한 동기가 해결되지 못한 부모와의 갈등을 재현하는 것이라면 행복을 찾는 것이 쉽지만은 않다. 부부의 결합은 부모와의 갈등과 구분되어야 한다. 딸은 자신의 배우자 선택이나 부부관계를 부모에게 보이기 위한 도구로 사용해서는 안 된다. 이러한 심리적인 부분이 딸에게도 명확하게 인식되어야만 딸은 행복한 부부생활을 만들어 갈 수 있다. 어머니의 문제 역시 자신의 한을 딸에게 보상받으려고 한다면 해결되지 않는다.

"딸의 선택이 힘드셨나요?"

"저는 완전히 배신당한 기분이에요. 정말 아이들만큼은 저같이 살지 않기를 바랐는데. 제가 어떻게 버텼는데요. 제 한을 풀어주기를 바라는 마음으로 하루하루를 견뎠어요."

"하지만 딸은 어머니와 별개의 삶을 살아가는 사람인데요."

"아니요. 제가 어떻게 살아왔는지를 안다면 저한테 이럴 수는 없어요."

대화는 평행선을 그었다. 자신의 인생과 딸의 인생을 개별적인 것으로 보지 않았기 때문이다. 상담에서 그녀와 내가 할 일이란 자신과 자신의 부부관계에 대해 다시 재조명해보는 일, 상처가 있다면 자식을 통해 치유할 것이 아니라 자신이 스스로 치유하고 극복하는 일, 그리고 딸을 건강하게 분화시키는 일이었다.

상담은 어느 순간 중지되었다. 상담을 받으니 마음이 더 힘들다는 호소와 함께 어느 순간부터 그녀가 상담에 오지 않았기 때문이다. 심리 상담에서 많은 위로도 받지만 힘든 과정을 이겨내야 하는 고통도 따른다는 것을 예견하지 못했던 것 같았다. 조금씩 자신을 들여다보는 과정으로 한 걸음씩 나아가고 있던 단계에서 상담이 중지된 것이 아쉬운 마음이 들었지만 이 또한 내담자의 결정이었다. 딸과의 건강한 분리가 이루어지지 않는다면 계속될 이 가정의 불안함이 안타깝게만 느껴졌다.

어른이 되어서도
공감은 필요하다。

우리 사회는 감정적인 것을 금하고 이성적일 것을 권한다. 감
정적인 것은 미성숙한 것이며 이성적인 것은 성숙한 것으로 판단
하기 때문이다. 이런 선입견은 감정적인 것이 감정을 통제하지 못
하고 벌거벗은 형태로 감정을 표출하는 모습으로 생각하기 때문
에 만들어진다. 지나치게 감정적인 것도 문제가 되지만 지나치게
이성적인 것도 많은 문제를 만들어낸다. 이성적인 사람과 이야기
를 하다 보면 전혀 마음이 통하지 않는다는 것을 느끼게 된다. 마
음이 답답해지고 급기야 감정의 폭발로 이어지기도 한다. 만약 지
나치게 이성적인 것이 강조되었다면 이제는 감정에 대해 집중하

는 것이 필요하다. 가장 건강한 형태는 이성과 감정의 균형을 맞추는 것이다.

오십대 초반의 어머니가 매우 혼란스러워하며 상담을 청해왔다. 대학생인 딸이 갑자기 우울증으로 정신병원에 입원하게 됐기 때문이다. 딸은 똑똑하고 예쁘게 자라 늘 어머니의 자랑거리였다고 한다. 초등학교에 들어가면서부터 공부를 잘해 일등과 반장을 도맡아 했다. 중·고등학교에 다니면서도 줄곧 좋은 성적을 유지했고 명문대에 입학해 주변의 부러움도 샀다. 그런 모범생 딸아이가 한순간 무너지면서 우울증과 자살 사고로 입원치료가 필요하게 되었다. 그보다 더 기막힌 것은 엄마를 향한 딸아이의 분노였다. 자신이 우울증에 걸린 것은 모두 엄마 탓이라면서 모든 분노를 엄마에게 쏟아낸다고 했다. 딸과 엄마는 막다른 길에 놓인 듯했다.

나와 어머니는 딸과 가족에 대해 이야기를 나누었다. 이 어머니는 현재 우울증을 겪는 딸과 그 위에 대학생인 딸이 하나 더 있었고 자녀들이 초등학생일 때 이혼했다고 했다. 이혼 후 두 딸은 어머니와 살았지만 아버지와도 규칙적으로 연락하며 지냈다고 했다. 이혼 후 10년쯤 지나자 남편은 재혼을 했고 자신은 현재까지 혼자 지내고 있다고 했다.

어머니는 딸에게 남자친구가 있었는데 최근에 헤어졌다면서, 그 상실감이 우울증의 도화선이 됐을 것으로 추측했다. 하지만 딸이 자신에게 보이는 분노는 도저히 설명할 길이 없다고 하소연했다. 어머니는 그동안 엄마로서 최선을 다하기 위해 재혼도 안 하고 열심히 살아왔다고 확신하고 있었는데 딸은 아마도 다른 평가를 내리고 있는 듯했다. 딸의 이야기로는 "엄마가 자신의 마음을 알아주지 않고, 이야기를 하면 항상 엄마가 옳다는 결론이 나는 것에 화가 난다"고 전했다. 그러나 이 어머니는 항상 딸을 위해 최선을 다하는 삶을 살았다고 말했다. 내가 보기에도 어머니는 자녀에게 지극한 정성을 쏟고 있었다. 그렇다면 왜 이 두 마음은 만나지지 않았던 걸까? 딸은 왜 어머니의 정성을 보지 못하고 있고 어머니는 어째서 딸의 마음을 헤아리지 못하는 걸까?

그들의 사랑은 너무 각자의 일방적인 방식을 취하고 있었다. 상대가 원하는 것을 주는 사랑이 아니었다. 그저 자신이 주고 싶은 사랑을 줄 뿐이었다. 마치 사자와 소의 사랑처럼 사자는 소에게 열심히 고기를 가져다주고 소는 사자를 위해 풀만 주고 있는 형상이었다. 게다가 어머니는 딸에게 사랑을 주면서 엄마로서 최선을 다했다는 걸 인정받고 싶어 했다. 어머니에게는 이혼한 엄마로서 자녀까지 못 키웠다는 소리는 듣지 말아야 한다는 절박함이 있었다. 자녀로서는 어머니의 인생을 함께 재건해야 하는 부담이 있었을 것이다. 이로 인해 딸은 일상생활에서 항상 반듯하게 잘 지내야 한다는 의무와 책임을 느꼈을 것이다. 그런데 남자친구와의 이별을 경험하면서 실패감과 버림받는 느낌을 갖게 되자 심한 우울증에 빠지게 된 것이다. 딸은 뒤늦게 자신이 엄마 인생의 도구가 된 것 같다는 느낌에 휩싸이며 엄마에게 화가 났을 수 있다.

이 상황을 헤쳐 나갈 방법을 찾아보았다. 우선 어머니와 딸의 대화가 어떻게 어긋나고 있는지 살펴보았다. 딸이 힘들다고 짜증을 부리면, 어머니는 "그러지 마라. 엄마는 더 힘들다"라고 대응했다. 또 딸이 어린 시절 엄마에게 서운했던 점을 이야기하면, 어머니는 "엄마가 얼마나 힘들었는지 아니, 그땐 그럴 수밖에 없었다"고 설명하고 있었다. 더 이상 대화를 이어갈 수가 없었다. 이런 반응은 딸의 마음을 더 화나게 만들 뿐이다.

모든 대화는 내용 차원과 관계 차원의 의미를 가지고 있다. 딸의 짜증은 의미로서는 어머니에 대한 비난의 내용을 담고 있지만 관계 차원에서 보면 사랑받고 위로받고 싶은 관계의 요청일 뿐이다. 그런데 어머니는 딸의 이야기를 내용의 메시지로만 받아들여 이성적으로 설명하고 있었던 것이다.

나는 어머니에게 설명이나 해결에 대한 제안 대신 관계의 메시지, 즉 엄마에게 안기고 싶은 딸의 투정으로 볼 것을 권했다.

예를 들어 딸이 "나 지금 힘들어"라고 하면 어머니는 "얼른 털고 빨리 힘내" 또는 "니가 힘든 게 뭐가 있니?"라고 무미건조하게 반응했다. 그러나 이제는 딸이 힘들다는 말을 하면 그에 대한 반응을 "우리 딸 많이 힘들구나" 또는 "어떻게 힘든 거야? 자세히 이야기해봐"라는 반응으로 바꿀 것을 제안했다.

힘들고 혼란스러운 것은 결코 나쁜 것이 아니다. 그것은 특정 상황에 대한 자연스러운 감정인 것이다. 그 감정은 빨리 없애야 하는 것이 아니라 충분히 존중해주어야 하는 것이다. 감정에 대한 존중은 그런 감정이 느껴질 만한 상황이나 조건에 대해 자세하게 이야기하며 인정해주는 것이다. 또 여태까지 의젓한 딸로만 존재해야 했던 부담과 긴장을 덜어주어야 한다.

"엄마, 나도 그때 정말 힘들었어. 그때 나 좀 안아주지. 나랑 좀 울어주지."

딸은 여전히 어린 시절의 아픈 기억을 안고 있는 듯했다. 어린 시절 전달하지 못했던, 엄마에게 안기고 싶고 엄마의 무조건적인 수용을 경험하고 싶은 딸의 마음을 읽어주는 것이 절실했다. 이제라도 엄마의 사랑을 제대로 전달하는 길이란 응석 부리는 딸의 마음을 안아주는 길밖에 없다.

넌 내가 가장
사랑하는 딸이야。

아들과 딸, 그들은 가족 안에서 어떤 존재일까? 아들과 딸이 다른 역할과 다른 관계를 제공하기에 사람마다 아들과 딸에 대한 선호도가 다를 수 있다. 한때 한국사회에서는 아들을 선호했다. 아들은 든든하고 집안의 기둥 역할을 한다고 생각했던 시절이 있었다. 그러나 요즘은 핵가족화되면서 아들이 원 가족의 기둥이기보다는 자신이 이룬 핵가족 안에서의 기둥 역할에 집중하는 양상이다. 하지만 딸은 기둥 역할은 아니더라도 적어도 심리적 위로자로서의 역할은 계속해간다. 물론 집집마다 다른 사정은 존재하기에 아들과 딸과 심리적 관계는 가족심리학에서 중요하게 다뤄지는 부분이기도 하다.

자녀에 대한 감정에는 자신이 부모와의 관계에서 느끼는 감정들이 뒤섞여 있다. 딸로서 설움받은 사람은 자신의 딸을 유별나게 편애하기도 하고 또 자신의 부모처럼 무심하게 부려먹기만 하는 경우도 있다. 이 모든 것은 어린 시절 해결되지 않은 상처들을 치유하기 위한 무의식적 시도들일 경우가 많다.

딸과의 관계가 어려워 상담실을 찾은 어머니가 있었다. 대학생인 딸이 자신을 멀리해 관계를 회복할 수 있는 방법을 찾고자 했다. 딸은 예능을 전공했는데 중·고등학생 시절부터 어머니의 헌신적인 지원은 딸의 진로에 절대적인 힘이 되었다고 했다. 그런데 대학에 입학한 뒤 엄마를 부담스러워하고, 자신이 힘든 것을 모두 엄마 탓으로 돌린다는 것이다. 자신을 피하려는 딸을 보며 그녀는 배신감을 느꼈다. 결국 자신에겐 아무도 남지 않았다고 하며 한없이 허탈해했다.

한참 억울한 속사정을 들어주자 그녀는 자신이 딸에게 쉽지 않은 엄마였을 것이라고 스스로 인정하기 시작했다. 딸이 대학생이 된 후 스스로 잘해내는 모습을 보면서 그녀는 외려 소외감과 함께 서운함이 들었다. 또 딸이 자신감을 잃고 힘들어할 때면 딸보다 더 걱정하고 불안한 모습을 보였다고 한다. 그러니 딸은 잘 지내도 엄마 눈치를 보고, 힘들어도 자신보다 엄마를 먼저 살펴야 하니 많이 괴로웠을 거라고 털어놨다.

딸과의 관계가 어쩌다가 이렇게 되었는지 이해하기 위해 그녀의 가계도를 분석했다. 그녀는 일남삼녀 중 셋째였는데, 부모님이 늘 심하게 다투셨다고 한다. 어머니는 아버지가 잘 대해주지 않는다는 이유에서 늘 우울해하고 집 밖으로 돌았다. 자녀들은 어렴풋이 엄마에게 남자친구가 있지 않았을까 생각했다. 반면에 집에 계시는 아버지는 공포의 대상이었다. 어머니가 늘 밖에 있으니 아버지의 화를 받아내는 것은 자녀들 몫이었다. 아버지가 집에 계시면 제대로 숨도 못 쉴 만큼 불안했고, 화가 폭발하면 자녀들은 이유 없이 매를 맞아야 했다. 그 와중에 어머니는 똑똑한 오빠만 챙겼고, 딸들에겐 무관심했다. 언니는 이런 어머니를 대놓고 원망하며 반항했고, 막내는 입 안의 혀처럼 굴며 사랑을 얻어냈다. 그녀는 어머니의 관심과 인정을 받기 위해 열심히 집안일을 했다고 한다. 그러나 그녀에게 돌아온 것은 사랑이 아니라 가족체계 안에 굳어져버린 가사도우미 같은 역할이었다.

"부모에게 화가 많이 나고 원망스러웠을 것 같다"고 공감하니

계에 대해 이해가 되었고 또 어머니에 대한 마음 역시 조금씩 풀리기 시작했다. 어머니 역시 무뚝뚝한 남편에게 무시받는 느낌을 받으며 불행한 삶을 사셨다. 늘 그런 남편에게 도망가고 싶은 마음이 들었을 것이다. 이제 그녀는 그런 어머니를 이해할 수 있는 어머니의 나이가 되어 있었다. 부모님에 대한 이해와 수용이 이루어지면서 그녀는 자녀에 대한 마음이 달라진다고 했다. 어쩌면 딸을 대하는 마음도 달라질 수 있을 것 같다는 희망적인 예감을 전하면서.

똑똑한 사람들이
가족에게 저지르는 실수.

이 세상 모든 사람들은 자기 자신을 생각할 때 네 가지 특성을 가진다. 첫째는 나는 특별한 사람이라는 '특수성', 둘째는 나는 남보다 못하지 않다는 '동등성', 셋째는 나는 긍정적인 사람이라는 '긍정성', 그리고 넷째는 나는 스스로 해낼 수 있다는 '자율성' 등이다. 하지만 이 생각의 틀을 상대방에게 강요하고 적용할 때 문제가 발생한다.

한 어머니가 상담을 하러 왔다. 사회 초년생인 딸이 자꾸 외박을 한다는 이유였다. 주말이면 친구집에 모여 몇몇 친구와 함께 지낸다고 했다. "결혼할 나이가 되었는데 이렇게 밖으로 도는 것은 좋지 않아 보인다"고 딸을 나무랐지만, 여전히 딸은 주말이면 어김없이 친구들과의 만남을 즐긴다고 했다.

정갈한 복장을 한 어머니에게는 교양과 품위, 단정함이 한껏 배어 있었다. 딸의 특징을 물어보았더니 "대학 졸업하고 번듯한 직장까지 잘 들어간, 지금까지 속 한 번 안 썩인 착한 딸"이라고 칭찬했다. 그런데 근래 처음으로 친구들과 몰려다니는 반항적인 행동을 보여 도저히 이해되지도 않고 받아들여지지 않는다고 하소연했다.

모녀관계를 알아보기 위해 구체적인 상호작용을 물어보았다. 그녀는 최근 딸이 회사 동료에게서 구두상품권을 산 얘기를 들려주었는데 인상 깊었다. 딸은 십만 원짜리 구두상품권을 절반 가격에 싸게 샀다고 자랑하며 엄마에게 선물했다고 했다. 그런데 어머니는 "요즘엔 십만 원짜리 구두가 없기에 돈을 더 추가해서 사야 한다. 그러니 구두가 딱히 필요하지 않은 상황에서 새 것을 사게 된다면, 아무리 오만 원을 주고 샀다고 하더라도 그 돈을 버리는 것과 같다"고 설명하며 딸이 저지른 실수를 조곤조곤 지적했다.

또 한 번은 딸이 꽤 비싼 명품가방을 엄마에게 선물했는데, 어머니가 보기에 안감이 옅은 색이어서 금방 때를 탈 것 같았다. 그래서 왜 비싼 제품을 사면서 신중치 못하게 골랐냐면서 지혜롭지 못한 선택이었다고 지적해주었다고 했다.

어머니의 말이 틀린 것은 아니지만 그 이야기를 들은 딸의 심정은 어땠을까? 매우 똑똑한 어머니 앞에서 딸은 상대적으로 항상 지혜롭지 못한 사람이 되어버렸다. 흔히 똑똑한 어머니들이 저지르는 실수는 본인만 똑똑하고 자녀의 똑똑함을 인정하지 않은 데서 온다.

몇 년 전, 지인이 자기 주변에 상담이 꼭 필요한 청년이 있다면서 만나줄 것을 간곡히 요청해왔다. 그 청년은 영재 소리를 들을 만큼 똑똑했는데 청소년기에 접어들면서 공부도 안 하고 무기력하게만 지낸다는 것이다.

청년은 어려서부터 공부를 잘했는데 청년의 어머니는 항상 백점과 일등만을 강요할 뿐 잘해도 칭찬해준 적은 한 번도 없다고 했다. 동네에서 공부 잘하기로 이름난 아이였지만 점차 공부에 대한 취미를 잃어버렸고 엄마의 강요와 간섭이 싫어 고등학교 때에는 아예 공부에 손을 놓아버렸다.

청년의 어머니는 총명했지만 가난한 집안사정으로 많이 배우지 못한 한을 가지고 있다고 했다. 또 그 어머니는 매우 주도적인 성격이었다. 모든 일을 책임지기도 했지만 자신의 의견에 집착하여 남의 이야기를 잘 듣지 않는다고 하였다. 어머니는 가족이 잘 살기 위해서는 더 열심히 일하고 돈도 모아야 하며 늘 위기에 대처해야 한다고 가족에게 강조했다. 아들인 청년에게도 늘 잔소리와 간섭이 이어졌는데 공부를 잘할 때조차도 방심하다가는 성적이 떨어질 수 있다며 긴장을 늦추지 말 것을 주문하고 조금의 틈도 용납하지 않았다. 아들은 타고난 영재였지만 끊임없는 엄마의 지적과 몰아침에 지쳐 있었고 삶의 동기 부여는 바닥난 상태였다. 무기력한 그에게 남아 있는 것은 손상된 자아상뿐이었다.

딸의 생각지 못한 일탈에 당황한 똑똑한 어머니도 같은 경우였다. 그녀는 자신의 자아 이미지는 지켜나갔지만 딸의 자아 이미지는 여러모로 훼손시켰다. 그걸 견뎌낼 사람은 아무도 없다. 훼손당한 딸의 자아 이미지는 결국 왜곡된 채 여러 가지 방어행동을 만들어낼 수밖에 없었다.

이야기를 나누며 어머니에 대한 딸의 사랑과 인정 욕구를 엿볼 수 있었다. 선물을 준비하는 모습도 그러했고, 어머니만큼 똑똑하고 야무지게 살기 위해 애쓰는 것도 느껴졌다. 그러나 번번이 한 수 더 똑똑한 어머니의 지적 앞에서 좌절을 맛보게 된 것이다.

딸이 친구들을 찾는 심정은 아마도 그들에게선 사랑과 인정 욕구를 충족했기 때문일 것이다. 친구들은 늘 자신을 있는 그대로 인정해주었고 함께 있으면 편안했을 것이다. 당연하겠지만 사람의 마음이 찾는 곳은 그런 곳이다. 어머니가 말린다고 해서 성인이 된 딸이 그 발걸음을 멈출 수는 없는 것이다. 다행스럽게도 이 어머니는 상담을 통해 자신의 부족함과 딸에게 준 상처를 인정하였다. 딸과의 갈등 상황이 더 깊어지기 전에 딸의 자아 이미지를 지켜주겠다고 다짐하였다.

우리는 종종 나는 맞고 남은 틀리다는 자기만의 상자에 갇히는 우를 범한다. 하지만 '내가 잘못 판단한 것일 수 있어', '나만 맞다고 생각하는 것일 수도 있어'라는 상자 밖에서의 객관적인 시선이 필요하다. 한 치의 빈틈없는 논리보다 어설픈 공감이 삶을 일으킬 때가 많다. 그것이 심리가 가진 오묘한 이치이다.

내 꿈이
나를 치유할 때。

공황장애는 심한 공황발작Panic Attack을 주요 특징으로 하는 불안장애다. 공황발작은 예기치 않게 강렬하고 극심한 공포가 갑자기 밀려오는 것을 뜻한다. 공황발작은 불특정 상황에서 갑자기 발병하는 경우가 흔한데 운전 중에 발생하거나 일상생활이나 직장생활에서 언제 또 발작이 올지 모르는 불안감을 떨쳐버릴 수가 없게 되어 생활을 힘들게 만든다.

심한 우울감과 불안에 시달리는 한 여성이 상담실을 찾아왔다. 그녀는 증세가 점점 심해지고 있다고 하면서 특히 운전할 때 공황장애를 겪고 있다고 호소했다. 처음에는 차를 몰면서 남에게 피해를 주지 않을까 전전긍긍하는 정도였지만 어느 순간 패닉을 일으켜 운전이 불가능하게 되었다고 털어놨다.

그녀는 어려서부터 부모님 말씀 잘 듣고 공부도 잘하는 모범생이었다. 남들 보기에는 걱정거리 없는, 순탄한 인생을 사는 사람이었다. 하지만 그녀는 "남모르는 심리적 문제가 있는 것 같은데 그 실체가 무엇인지는 잘 모르겠다"면서 남들은 자신의 이런 심리적 어려움을 이해하지 못할 것이라고 했다.

이런저런 이야기를 나누던 중에 그녀가 자주 꾸는 꿈 이야기를 들려줬다. 꿈속에서 그녀는 친구에게 도움을 요청하는데, 그 친구는 도울 능력이 없다면서 아는 사람을 소개해준다. 그러면 어떤 사람이 도움을 주기 위해 자신의 집으로 찾아오는데 너무 많은 사람들과 함께 온다고 했다. 그러고선 상황을 파악해야 한다며 그 사람들이 자신의 공간을 구석구석 뒤진다고 했다. 도움이 필요했지만 이런 식으로 자신의 공간이 침해당하는 것을 보며 마음이 불편해지는데 이때 도움을 준다던 사람들이 갑자기 여러 증거물을 들이대며 자신을 살인자로 몰아붙이면서 붙잡으려 한다는 것이다. 억울하지만 그들을 피해 도망치기에 급급해지고, 결국 도망치는 상황에서 식은땀을 흘리며 잠에서 깬 적이 많다고 하였다.

꿈이란 억압돼 있는 무의식이 밖으로 나오는 출구이다. 그래서 그녀의 꿈을 자세히 들여다보기로 했고, 그 속에서 떠오르는 사람이 있는지 물어봤다. 그녀는 어머니가 떠오른다고 했다. "나를 위해 항상 희생하는 어머니가 이 상황에서 왜 떠오르는지 이해할 수가 없다"고 말했다.

그녀의 어머니는 몸이 너무나 약해서 늘 누워 계셨다. 그래서 어머니 품에 안기고 싶고, 자상한 관심과 사랑을 받고 싶었지만 그런 요구를 할 수 없었다. 어머니는 병약한 가운데도 기운을 내서 딸을 도와주었는데, 철저히 어머니의 방식대로 도왔다고 했다. 어머니가 좋아하는 형태로 방을 꾸몄고, 어머니가 좋다고 생각하는 음식을 먹이고 옷을 입혔으며, 어머니가 고민하고 모은 정보를 통해 딸의 진로까지 정해주셨다고 했다. 딸을 위해 기를 쓰며 이 것저것을 해주시고 나면 다시 몸져누우셨다.

그녀는 몸이 아픈 어머니가 얼마나 애를 쓰며 자신을 위했는지 잘 알기에 맘에 들지 않아도 "내가 원하는 것은 이게 아니다"라는 말을 차마 할 수가 없었다고 했다. 그러면서 한편으로는 나를 위해 희생하고 다시 몸져누우시는 어머니를 보며 어머니의 등골을 빼먹는 아이라는 죄책감을 가졌다고 했다. 완벽한 진퇴양난의 상황이었다. 도움을 받으면 '어머니의 등골을 빼먹는 아이'라는 죄책감을 느껴야 했고, 도움을 거부하면 '냉정한 딸', '배은망덕한 딸'이라는 평을 들어야 했던 것이다. 서서히 그녀는 그녀의 우울과 불안을 이해할 수 있게 되었다. 엄마와의 관계에서 무언가를 해야 하지만 동시에 아무것도 할 수 없는 그녀의 위치, 이것이 주는 심리적인 부담은 우울과 불안뿐만 아니라 공황장애로 이어지게 만든 것이다.

이해할 수 없었던 자신의 내적갈등을 이해하게 되었기 때문일까? 그녀는 다행히도 꿈 분석을 통해 어머니와 자신의 관계를 이해함으로써 점차 안정을 찾아가는 듯했다.

우리는 이후 그런 어머니로부터 건강하게 분화되는 작업을 시도했다. 어머니는 그럴 만한 어머니의 삶의 역사가 있었던 것이고 자신은 이제 어머니에게서 심리적으로 독립해 나와야 하며 스스로의 삶을 살아가야 한다는 것을 깨달아갔다. 상담이 진행되면서 점차 공황장애는 극복되었고 불안도 없어졌다.

프로이트는 꿈은 무의식의 발로라고 하였다. 의식이 처리하지 않고 무의식으로 넘겨버린 정보들은 뇌 속에 내재되어 있다가 꿈을 통해 나타나게 된다. 따라서 꿈을 잘 기억하고 그 꿈의 의미들을 추적해보면 의식이 외면했던 사건이나 감정 등을 만날 수 있다. 꿈은 특정한 상징을 해석하는 해몽도 있지만 심리학에서는 자신이 스스로 그 요소들에 대한 자유연상과 의미를 찾아보는 방법을 사용한다. 꿈에 대한 자세한 기억을 떠올려보고 꿈에서 나오는 상황이나 인물 전개에 대해 하나씩 그 의미를 찾다 보면 결국 무의식을 의식의 세계에서 만나게 되는 것이다.

반복되는 꿈은 잘 기억했다가 세심하게 분석해보는 것은 자신의 마음을 알아가는 데 매우 도움이 된다. 그 꿈의 상징은 해소되지 않는 스트레스나 좌절, 사라지지 않는 슬픔일 수 있기에 그것들을 잘 다독이는 의식이 때로는 필요하다.

좋은 아빠는
혼자 되지 않는다。

사십대의 한 남자가 우울증을 호소하며 상담실을 찾았다. 그는 이혼한 지 1년이 됐으며 혼자 살고 있었다. 혼자 지내는 것이 외롭거나 불편하지는 않다고 했다. 결혼생활 내내 부부갈등으로 괴로웠던 터라 홀로 사는 지난 1년은 치유의 시간이었다고 했다. 그러나 시간이 갈수록 아들에 대한 그리움은 더해가고 이는 자신의 삶을 우울하게 만들고 있었다.

그는 이혼 후 아내의 거부로 단 한 번도 아들을 보지 못했다고 했다. 헤어질 때 초등학교 6학년이던 아들은 중학생이 됐는데 그동안 얼마나 컸는지 또 교복을 입은 의젓한 모습은 어떤지 궁금하다고 했다. 아들에 대한 그리움으로 가슴앓이를 하던 그는 상담 내내 아들 이야기만 하다가 드디어 용기를 냈다. 아들에게 연락하기로 마음먹은 것이었다. 마침 며칠 뒤가 아들의 생일이라 문자를 보냈다고 했다.

"아들, 잘 지내니? 곧 네 생일인데 아빠가 선물 사주고 싶어. 뭘 원하니?"

그러나 얼마 후 온 아들의 답 문자는 그를 더 참담하게 만들고 말았다. 그 문자는 아들의 존재가 손닿을 수 없는 시공간으로 아주 멀리 사라지고 있음을 느끼게 했다. 내게도 보여준 그 문자의 내용은 "생활비나 대시지!"였다.

아버지의 자식사랑은 어머니의 사랑 못지않다. 그러나 아버지는 자녀에게 다가가기가 쉽지 않다. 자녀들은 무형·유형의 선물 공세에도 아버지에게 쉽게 마음을 열지 않는다. 왜 자녀들은 아버지의 마음을 알아주지 않는 걸까?

아버지와 자녀의 관계는 어머니와 자녀의 관계와는 다른 측면이 있다. 어머니는 자녀에게 잘해주면 잘해줄수록 자녀의 감동을 직접적으로 되돌려 받는다. 그러나 아버지와 자녀의 관계는 그렇지가 않다. 두 사람의 상호작용이 아니라 삼각관계의 상호작용으로 이해해야 한다. 거기에는 어머니가 끼어 있기 때문이다. 아버지가 아무리 자녀에게 잘하더라도 어머니의 중간 역할에 따라 자녀는 아버지의 진의를 외면하게 된다.

아버지들은 혼자의 힘으로는 좋은 아버지가 될 수 없다. 역기능적인 삼각관계의 형성 과정에서 어머니가 부부갈등의 어려움을 자녀들에게 하소연하거나 남편의 험담을 하는 경우가 있기 때문이다. 자녀들은 어머니에게 이런 이야기를 들으면 어머니의 분노, 슬픔, 좌절 등이 이입되어 자연스럽게 아버지를 미워하며 어머니의 편이 되고 만다. 아버지와 자녀 사이를 갈라놓는 어머니의 개입은 간접적일 때도 있다. 어머니가 아버지에 대한 언급을 하지 않아도 단지 어머니가 행복하지 않다는 사실만으로도 아버지는 자녀에게 배척당한다. 어머니를 행복하게 해주고 싶은 자녀들의 충성갈등. 그러나 자녀로서는 한계가 있기에 그 원망이 아버지에게도 향하게 되는 것이다. 아버지와 자녀의 관계는 철저하게 삼각관계의 원리에 놓여 있음을 아버지들은 이해하고 이 관계를 인정해야 한다.

그러므로 좋은 아버지가 되는 길은 자녀에게 잘하는 것이 아니라 아내에게 잘해야 하는 것이다. 자녀와 아내를 분리해서 대할 수는 없다. 중간 전달자의 입에서 좋은 이야기가 나와야만 자녀들은 아버지를 좋은 사람으로 보게 되기 때문이다.

이혼한 남편의 경우에도 마찬가지이다. 어머니에 대한 자녀들의 충성갈등을 이해해야 하며 자녀에게 다가가고 싶을 때도 아내에게 직접적인 협조를 구해야 한다. 좋은 아버지가 되기 위해서는 이 관계 역동을 이해하고 좀 더 지혜로운 길을 찾아야 한다.

PART 5

다시 시작하는 발걸음

*∘
◇∘

나를 찾아온 내담자들은 관계의 수많은 파고와 광풍이 몰아칠 때
엄청난 용기를 끌어내어 자신의 과거와 현재를 마주한다.
불편한 원 가족, 불행한 부부, 힘든 자녀와의 문제를 풀 수 있는 것은
결국 상처받은 나와 화해하고, 따뜻하게 안아주는 일이다.

내가 좋아해주는 만큼
특별해지는 삶.

내가 좋아해주는 만큼 그 대상은 특별해진다. 나는 독일어의 '립 게빈넨Lieb Gewinnen'이란 표현을 좋아한다. 이 말을 해석하자면 '차츰차츰 좋아하게 되다'이다. 단어를 꼼꼼히 살펴보면 '사랑하는'을 뜻하는 형용사 립Lieb이라는 단어와 '(노력하여) 획득하다 또는 얻어내다'를 뜻하는 게빈넨Gewinnen이라는 동사로 구성돼 있다. 그러니까 이 표현은 누군가가 한 대상을 많이 좋아해서 대상의 객관적 가치를 떠나 본인에게 소중해진 상태를 말한다. 즉, 아이가 보잘것없는 장난감이라도 너무 좋아하면 아이는 물론 온 가족이 그 물건을 소중하게 다루게 되는 현상이다.

생텍쥐페리의 소설 『어린왕자』에서는 사랑은 길들이는 것이라고 했다. 길들여지면 소중해지고, 특별한 의미를 갖게 된다는 그의 개념은 독일어의 '립 게빈넨'의 의미와 일맥상통하는 것으로 보인다.

우리 아이가 어렸을 적 우유팩에 그려져 있는 그림을 너무 좋아해서 그걸 오려서는 늘 품 안에 가지고 다녔다. 아이는 물론 가족 모두에게 그 우유팩에 그려진 그림은 흔하디흔한 그림조각이 아니라 소중한 대접을 받는, 특별한 가치를 가지는 물건이 되었다. 그 물건이 없어지기라도 하면 우리 가족은 모두 비상상태가 되어 그림조각을 찾아내곤 했다. 아이가 그림조각에 사랑을 주어 획득해낸 '립 게빈넨' 결과였다.

나 역시 좋아하는 볼펜이 있다. 이천 원이 안 되는 평범한 볼펜이지만 내 마음에 꼭 들어 몇 년째 즐겨 사용하고 있다. 내겐 이 볼펜이 몇십만 원 하는 명품볼펜보다 더 소중하다. 나는 이 볼펜으로 하루계획을 메모하고 중요한 아이디어들을 노트한다. 어쩌다 무료한 시간이 되더라도 이 볼펜 친구만 있으면 글을 쓰며 의미 있고 생산적인 시간을 만들 수 있다. 나도 이 볼펜에게 '립 게빈넨'을 한 것이다.

결혼상대를 고를 때 좋은 상대를 찾는 것은 중요하다. 그러나 더 중요한 것은 내가 배우자를 좋은 아내 또는 남편이 되도록 만드는 것이다. 이것은 바로 '립 게빈넨'을 통해서 가능하다. 상대를 좋아하게 되는 것, 즉 내게 그가 소중한 존재가 되도록 하는 것은 내 노력의 결과이다. 내가 준 사랑의 크기와 비례해서 상대는 소중하고 멋진 존재가 되는 것이다. 상대가 아무리 멋진 존재여도 정작 내가 '립 게빈넨'을 하지 않으면 상대는 바로 초라한 존재가 되고 만다.

인생의 중대한 결정들은 항상 고민과 불안을 동반한다. 사표를 써야 할지 아니면 아직 직장에 남아 있어야 할지, 이혼을 해야 할지 계속 함께 살아야 할지 등은 쉽게 결정하기 어렵다. 그러나 정작 결정 자체보다 더 중요한 것은 결정을 한 후에 그 결정을 얼마나 좋아하는가이다. 자신의 결정에 '립 게빈넨' 하는 사람은 결과적으로 옳은 결정을 한 결과를 만들고 그렇지 못한 사람은 잘못된 결정을 한 결과를 만든다.

자녀들도 마찬가지이다. 자녀는 부모가 좋아해주는 만큼 사랑스럽고 멋진 존재가 된다. 자녀의 특징이 매력이나 장점으로 거듭나게 하려면 부모가 노력해서 자녀의 특징에 '립 게빈넨' 해야 한다. 자녀가 행동이 느리다든지, 키가 작다든지, 또는 말이 많든지 간에 부모가 아이의 특징을 좋아해주는 것이다. 그래야 그 특징이 특별한 의미를 갖게 되고 더 나아가 장점이나 강점으로 승화할 수 있다. 비결은 바로 '립 게빈넨'이다.

어느 날 상담을 하러 온 한 여인을 보며 모파상의 『목걸이』라는 단편소설이 생각났다. 그녀의 사연이 소설의 내용과 일치하는 것은 아니었지만 여주인공과 비슷하게 중산층의 생활에서 하층민의 생활로 떨어지는 상황이었기 때문이다.

그녀는 부모의 사랑을 받으며 무난한 어린 시절을 보냈고 대학을 졸업하자마자 전문직을 가지고 있는 남편을 만나 결혼했다. 남편은 사업수완이 좋아 돈을 많이 벌었고 남편의 그늘 아래 두 딸을 낳아 키우며 편안한 삶을 이어가고 있었다. 딸들은 예쁘고 똑똑하게 자라주었다. 그런 그녀의 삶이 나락으로 떨어지게 된 것은 몇 년 전부터 시작된 남편의 도박 때문이었다. 남편은 점점 도박에 빠지면서 그동안 벌어 놓았던 탄탄한 재산들을 하나씩 날려버렸다. 남편이 도박을 끊으려는 노력을 하지 않았던 것은 아니었지만 한 번만 더 해서 그동안의 손실을 만회하고자 하는 부질없는 생각으로 점점 더 수렁으로 끌려들어갔다. 있던 재산을 모두 날리고도 모자라 부모 형제의 돈을 갖다 쓰더니 친구의 돈은 물론 사채업자의 돈까지 쓰고 말았다. 이미 가족의 삶은 지옥처럼 변해 있었다. 사채업자에게 시달리고 모든 재산이 경매로 넘어가고 이제는 네 식구가 겨우 살 수 있는 작은 집에서 생활비를 걱정해야 했다. 그러던 중 남편은 빚을 독촉하는 채권자들의 눈을 피해 잠적해버렸다. 그녀는 나날이 더 참담해졌다.

그녀는 평생 누군가에게 의지하며 살던 사람이었다. 어려서는 부모에게, 결혼해선 남편에게 기대서 그들이 보장해준 안전한 울타리 안에서의 안락한 삶만 살다가 남편도 없이 아이들과 함께 혼자 헤쳐 나가야 하는 삶은 지독히도 낯설고 두려웠다. 그녀는 생활비를 줄여야 했고 의식주는 가장 기본적인 정도로 해결하며 아이들의 사교육비는 아예 포기해야 했다. 모든 것이 비관적이었다. 그런 참담한 상황에서 이 위기를 극복하기 위해 상담은 꼭 받아야 한다고 생각했다는 그녀의 이야기를 들으며 내 마음 역시 절실해졌다.

그녀는 상류층에서의 삶이 나락으로 떨어지는 것에 큰 두려움을 가지고 있었다. 그래서인지 상담 초기에는 남편이 빨리 돌아와 다시 능력자로서 가족을 구제해주길 기대하였다. 남편은 마음만 먹으면 중독에서 벗어날 것이며 어느 날 마징가 제트처럼 나타나 가족의 보호자 역할을 할 것이라는 희망을 가지고 있었다. 가족의 행복은 남편의 능력에 달려 있다는 생각은 그녀가 홀로 있는 자신에 대해 얼마나 자신이 없는지를 보여주는 일면이었다.

그녀에게는 새로운 변화를 받아들일 수 있는 마음의 준비가 필요했다. 우리는 상담을 통해 '하루 버티기!'와 '홀로서기!' 프로젝트를 시작했다. '하루 버티기!' 프로젝트란 어떤 미래도 상상하기 힘들다며 절망하는 그녀에게 먼 미래를 걱정하기보다는 단지 하루를 잘 지내는 것에 집중하도록 하는 것이었다. '홀로서기!' 프로젝트는 스스로 삶을 개척하는 것에 두려움을 가진 그녀에게 자신도 혼자 설 수 있다는 자신감을 찾아가는 것이었다.

그녀는 점차 자신이 이 어려운 위기도 극복할 수 있는 꽤 괜찮은, 능력 있는 사람이라는 것을 인식했다. 상담은 1년 넘게 진행되었다. 그녀는 일주일에 한 번씩 매우 성실하게 상담에 임했다. 마음이 안정되면서 자신의 성장 과정과 남편의 성장 과정을 들여다보며 이 불행이 우연이 아니라 충분히 이해할 수 있는 사고였음을 깨닫게 되었다. 다행히도 두 딸은 삐뚤어지지 않았고 엄마와의 생활에 적응하며 삶을 이어갔다. 전처럼 고급차를 타거나 고액 과외를 받지는 못하지만 그런 외적인 것이 부질없다는 것도 조금씩 이해하는 모습이었다.

이제 남편의 지위와 경제력으로 주어진 편안한 삶은 사라졌지만 행복이란 게 그저 하루 세끼 먹을 수 있고 아침저녁 나누는 자녀들과의 평범한 대화와 웃음 속에 있다는 것을 깨달았다. 그녀는 이제 취직을 해서 규칙적인 수입이 있다는 것에 감사해하며 정말 행복하다고 해맑게 웃었다. 모파상의 소설 『목걸이』의 주인공은 고생하며 찌들어진 자신의 모습에 헛헛함을 느꼈다면 그녀는 위기를 통해 삶의 더 참된 아름다움을 찾았다.

그녀는 자신의 삶을 멋지게 '립 게빈낸' 한 것이다. 시련의 크기는 다르겠지만 우리는 긴 인생에서 언제든지 삶의 난관에 부딪힐 수 있다. 이 과정에서 절망하고 포기하고 싶은 것은 인간의 자연스러운 본능이기도 하다. 하지만 숱한 상담 과정을 통해 확인한 것은 이럴 때 '희망'이라는 삶의 연결고리를 반드시 놓지 않아야 된다는 것이다. 그것이 맛 좋은 저녁 식사든, 오랜만의 영화 관람이든, 날씨 좋은 날의 산책이든 아주 작은 삶의 순간이어도 상관없다. 이것은 매우 사소해 보이지만 우리 삶의 낙폭을 좌우한다.

인생의 고비에서 숨이 턱까지 차오를 때, "그래, 이만하면 꽤 괜찮은 사람, 이 정도면 꽤 괜찮은 인생"이라는 희망으로 삶에 '립게빈넨' 한다면 우리의 삶은 더 만족스러운 방향으로 향해 갈 것이다.

절망의 늪을
건너는 법.

혼자 사는 신부님이나 수녀님 그리고 스님들도 극기하며 기도하는 삶이지만 부부로 사는 삶 역시 기도 없이는 불가능한 극기의 삶이라고 생각한다.

상담을 하면서 막막하고 절박한 부부의 사연을 많이 접한다. 부부의 삶이 힘든 것은 우선 내 맘대로 살 수 없다는 것이다. 사소한 일에도 가장 가까이 있는 사람이 반대하거나 방해를 하기도 하고 하기 싫거나 옳지 않다고 생각하는 일도 해야 하니 이 모든 것을 감내하고 좋은 관계를 유지한다는 것은 기도와 극기가 아니고는 불가능할 때가 있다. 배우자가 내가 원하는 모습을 하지 않을 때 느껴지는 무기력과 절망감도 이겨내야만 한다. 어느 순간 보면 내 인생이 배우자로 인해 엉망진창이 되어 있는 것 같은 느낌이 들 때가 있다. 이럴 때 배우자만 없으면 행복해질 것 같다는 착각이 들기도 한다. 그러나 내 삶은 내가 바꾸어야 한다. 아무리 가까이 사는 배우자라도 내 삶의 주체가 될 수는 없기 때문이다.

그녀는 남편이 자신을 불행의 구렁텅이로 빠뜨린 사람이라고 했다. 남편은 실직하고 몇 달째 집에서만 뒹굴면서 술로 하루하루를 보내고 있다고 했다. 그에 비해 자신은 집안일과 자녀양육, 돈 버는 일까지 해가며 지친 일상을 이어가고 있었다. 남편이 술에 취해 있는 모습을 봐줄 수 없어 자주 잔소리를 하게 됐는데 그럴 때마다 남편은 반성은커녕 아내에게 적대적이기만 했다.

그녀의 수척한 얼굴과 푸석거리는 목소리에서 삶의 고단함이 묻어났다. 상황 이야기를 들어보니 그녀가 안쓰러웠다. 그러나 남편을 원망하는 것만으로는 문제가 해결되지 않는다는 것은 나도 그녀도 알고 있었다. 그녀는 간절히 부부문제를 해결하고 자신의 상황을 변화시키고 싶어 했다. 그녀는 변화를 위해 여러 가지 시도를 했지만 갈등의 악순환에서 빠져나오는 것은 쉽지 않다며 전문가의 도움을 받기로 했다는 것이다. 우리는 함께 문제를 해결할 수 있는 방법을 찾기로 했다.

문제를 해결하기 어렵게 만드는 세 가지 형태는 남을 탓하는 것, 나의 문제를 운명으로 받아들이는 것, 그리고 내가 어떤 시도를 하더라도 문제는 해결되기 어렵다고 생각하는 것이다. 그녀와 나는 이 세 가지를 피하는 형태로 해결책을 찾아보기로 했다.

우선 '남 탓'만이 아니고 '내 탓'도 있다면 무엇일까를 찾아보았다. 그녀는 무책임하고 술에 절어 있던 아버지와 그런 남편을 원망하며 모든 고생을 도맡아 하던 어머니 밑에서 성장했다. 지금 자신의 모습은 이미 어린 시절 보았던 부모의 모습이었다. 남편에게 분노가 터지는 순간에는 부모에게 표현하지 못한 분노까지 함께 섞여 있음을 부인할 수 없었다. 그러니 남편도 늘 화만 내는 아내가 싫었을 것이라고 인정했다. 또 남편을 믿어주지 않은 것도 아마 자신의 문제였을 거라고 했다.

두 번째, 이런 불행을 운명으로 받아들이는 생각을 돌리기로 했다. 자녀들을 위해서라도 이제 불행의 대물림이라는 악순환의 고리를 끊고, 좀 더 행복한 자신의 운명을 찾아보고 싶었다. 지금까지의 살아온 과정에서 자신은 성실했고 최선을 다했다. 자녀들이 바르고 착하게 잘 자라는 것도 불행한 운명과는 어울리지 않는

195

문제를 해결하기 어렵게 만드는 세 가지 형태는
남을 탓하는 것,
나의 문제를 운명으로 받아들이는 것,
그리고 내가 어떤 시도를 하더라도
문제는 해결되기 어렵다고 생각하는 것이다.

복 중의 복이었다. 그러고 보면 친정어머니도 불행한 가운데 가정을 지키고 또 자녀들을 잘 키워내신 위대한 분이셨다. 힘든 생활 속에서도 해내신 어머니를 생각하면 자신은 더 잘해야 한다는 생각으로 바뀌나갔다.

세 번째, 자신의 모든 노력과 시도가 실패할 것이라는 생각에서 벗어나기로 했다. 그렇다면 실패가 아닌 성공으로 이끄는 효율적인 시도들을 생각해봐야 했다. 우선 남편에게 하는 잔소리를 멈추기로 했다. 또 잠시라도 행복을 느끼는 순간 그것을 적극적으로 표현하기로 했다. 그러다 보니 자녀들을 자주 칭찬하게 됐고 또 간혹 남편에 대한 칭찬이 나왔다. 남편의 문제행동, 술이나 게으름에는 무관심하기로 했다.

변화는 예상보다 빨리 찾아왔다. 이러한 그녀의 변화가 가정의 분위기를 많이 바꾸어놓은 것이다. 절대 변할 것 같지 않던 남편에게도 변화가 찾아왔다. 남편도 상담을 받고 싶어 한 것이다. 반가웠다. 남편은 아내의 변화가 신기하고 궁금했던 모양이다. 또 어쩌면 자신의 입장에서 부부관계를 설명하고 싶은 욕구가 생겼는지도 모른다. 남편의 상담동기가 어떻든 간에 남편이 상담을 받겠다는 것은 그 부부에게 또 가족에게 도움이 될 수 있었다. 우리는 이제 남편의 문제도, 해결을 불가능하게 하는 세 요소를 제외한 새로운 방법으로 해결 방법을 찾아가기로 했다.

같은 문제로 나를 찾아와도 마음을 여는 속도는 모두 제각기 다르다. 남편은 아내에 비해 자신의 심리적 불편함을 드러내기를 꺼려 했다. 하지만 자기 문제를 인식하고 문제의 강박적 패턴을 벗어나려고 하는 모습을 발견한 것으로도 희망적이었다. 나는 여유를 가지고 이들 부부의 변화를 지켜보기로 했다. 변화는 더뎠지만 분명 일어나고 있었고 이것으로도 충분히 의미가 있었다.

부부갈등이 좀처럼 해결되지 않을 때 "당신이 이렇게 달라졌으면 좋겠어"를 "나는 이렇게 변화하고 싶다"로 방법을 바꾸어볼 필요가 있다. 감정은 전염성이 강해서 상대방에게도 변화의 온도가 그대로 전달되기 마련이다.

당신이
그랬으면 참 좋겠다.

결혼한 지 20년 된 부부가 오랜 부부싸움에 지쳐 찾아왔다. 이들이 원하는 것은 부귀영화도 아니고 그저 평범하게 사는 것이었다. '평범한 일상'의 구체적인 모습을 물어보니 남편은 "출근할 때와 퇴근했을 때 아내가 인사를 건네주었으면 좋겠다"고 바랐다. 아내는 "남편이 퇴근하고 돌아왔을 때 밖에서의 스트레스를 안 가져왔으면 좋겠다"고 했다. 집에서 남편의 찡그린 얼굴이 아니라 밝은 표정을 보고 싶다는 것이었다.

부부가 서로에게 거는 기대는 무척이나 소박했다. 당장 다음 주부터 그걸 하나씩 실천해보자고 제안했다. 그러자 부부는 약속이나 한 듯 동시에 고개를 내저었다. 그게 쉬우면 여기까지 왔겠느냐고 했다. 그러나 "이렇게 상담까지 온 마당에 못할 게 뭐 있겠느냐? 어렵다고 생각할 수도 있지만 1분도 안 걸리는 너무나 쉬운 실천들인데 가족의 행복을 위해 한번 해보자"고 거듭 설득해보았다.

아내에게는 '남편의 출퇴근 시간에 웃으면서 인사하기', 남편에게는 '퇴근 후 집에 돌아오면 아내에게 미소 짓기'가 자연스럽게 다음 상담 시간까지의 숙제가 되었다. 그들은 쉬운 듯 쉽지 않은 과제에 반신반의하며 돌아갔다. 돌아가는 그들의 표정이 한결 밝아진 것을 보며 희망과 호기심이 생겼다. 그러나 다음 주 상담에 온 부부는 단 한 번도 그 숙제를 하지 못했다고 털어났다.

과연 그들은 숙제가 싫어서 안 했을까? 변화에 대한 동기가 없었을까? 그들은 하고 싶었지만 용기를 내지 못했을 것이다. 게으름이나 이기적인 마음 때문이 아니라 두려움이 컸던 것이다. 내가 좋은 행동을 하더라도 배우자가 받아주지 않거나 외면당할 것 같은 두려움…. 그동안 배우자와 주고받았던 행동이 무시·비난·경멸·단절 등이었기에 상대의 긍정적인 반응이 쉽게 상상되지 않았을 것이다. 또 한두 번의 시도로 관계가 호전되지는 않는다. 그걸 알면서 혼자 잘해보려는 노력은 억울하기 그지없다. 그래서 벗어나고 싶지만 어쩔 수 없이 기존의 부정적인 상호작용만 반복하게 된다. 부부관계의 '강박프로세스'가 작용한 것이다. 부부가 강박프로세스에 들어와 있으면 관계 개선을 위한 어떤 시도도 불가능하게 된다.

이때 상담자가 할 일이란 바로 '마중물(펌프질을 할 때 새 물을 끌어올리는 데 쓰인 한 바가지 정도의 물)' 역할이다. 악순환으로 맞물려 있는 부부에게 새로운 시도가 가능하도록 돕는 일종의 일시적 대출인 셈이다. 새로운 시도가 어려운 일임을 인정하고 격려하며, 이에 대한 보상을 배우자에게 기대하기보다 상담자에게서 가져가도록 한다. 상담자가 그들 각자의 노력을 아낌없이 칭찬하고 존중하면 부부는 배우자의 반응에 상관없이 긍정적인 실천에 재미를 붙이게 된다. 이것이 얼마간 지속되면 두려움이 사라지고 펌프에서 시원한 물이 쏟아지듯 부부의 상호작용도 긍정적으로 연결된다. 이들 부부도 지속적인 상담을 통해 처음의 어색함을 극복하고 지옥 같은 삶에서 서서히 벗어나게 되었다. 부부관계 개선에 작은 마중물이 큰 역할을 해낸 것이다.

나는 이 부부에게 강박프로세스에서 벗어나올 수 있는, 많지만 꽤 재미있는 과제들을 내주었다. 예를 들어 그들에게 배우자 몰래 잘해주기, 그리고 배우자가 그것을 알아맞히는지, 아니면 눈치채지 못했는지를 체크하게 하였다. 잘해주는 행동은 절대로 무리가 되지 않도록 당부했다. 아주 사소한 것들, 즉 아침에 나갈 때 구두 챙겨주기, 식사 때 맛있으면 맛있다고 이야기하면서 고마움 표현하기, 저녁에 다시 만나면 하루 일과 물어보기 등이었다. 부부는 배우자를 위하는 행동도 해야 했지만 상대가 자신에게 무엇을 잘 해주는지도 알아맞혀야 했다. 의외로 부부는 숙제를 잘 해왔고 재미있어 했다.

"유심히 볼 수밖에 없더라고요. 자연히 남편에 대한 관심도 생기고요."
"아내에게 이런 면이 있었나, 그럼 나도 이렇게 해주어야지 하는 마음이 생겼습니다."

나 역시 숙제를 해올 때마다 칭찬을 아끼지 않았다. 더욱이 신기한 것은 그들은 의도적으로 잘해주는 행동 이외에도 상대에게서 긍정적인 애착의 행동들을 찾아냈고 그 행동들에 대해 감사의 마음을 표현할 수 있었다.

아주 사소한 관심과 발견 덕에 부부는 점점 마음의 부자가 되고 있었다. 만약 그러한 변화가 내가 준 마중물 덕분이었다면 그 마중물은 정말 괜찮은 대출이라는 생각이 든다.

최면을 걸듯
조금씩 바꾸어보기.

어머니와의 관계로 고민하는 한 젊은 남자가 상담실에 찾아왔
다. 자신에게 너무 집착하는 어머니가 싫어 늘 차갑게 대하는 편
인데, 최근 건강상의 문제로 어머니가 쓰러지자 말할 수 없는 죄
책감이 들었다는 것이다. 다행히 어머니는 회복하셨지만 이제 어
떻게 살아야 할지 혼란스럽다고 털어놓았다.

그는 어릴 적부터 부모님의 부부갈등이 심해 가정 분위기는 늘
불안하고 우울했다고 한다. 갈등의 원인은 아버지의 무능력인데,
아버지는 하는 일마다 실패를 거듭해 가정형편이 어려웠다. 아버
지는 그에게 자신이 못다 이룬 꿈을 이루라고 강조했고, 어머니는

아버지에 대한 불만을 쏟아내며 "믿을 건 너밖에 없다"고 했다. 특히 어머니는 심하게 부부싸움을 하고 나면 너무나 슬픈 얼굴로 그에게 "우리 같이 죽자!"라고 말했다는 것이다. 그는 그 경험이 너무 고통스럽고 어린 그에게는 어머니의 행동이 가혹하게만 느껴졌다. 그럴 때마다 그는 말할 수 없이 슬프고 무기력해지면서도 어머니를 외면할 수 없어서 위로해야 한다는 의무감 때문에 힘들었다고 고백했다.

어린 시절부터 늘 우등생으로 살아온 그는 성인이 되어 회사에 다니면서 경제적 안정을 찾았지만 부모님의 갈등은 여전했다. 어머니는 계속해서 아버지를 무시했고, 아버지 역시 어머니를 싫어해서 가정을 돌보지 않고 밖으로만 돌았다. 어머니는 모든 일을 아들인 그와 상의하고 의지했으며 어딜 가든 남편 대신 아들을 동반하고 싶어 했다. 그러나 그는 어머니의 남편 역할을 하기가 싫었고, 어느 한편을 드는 것도 내키지 않았다. 고심 끝에 그는 부모 중 아무에게도 마음을 주지 않는 쪽을 선택했는데 어머니가 쓰러지면서 이젠 그것도 할 수 없다는 생각이 들었던 것이다.

이 삼각구도에서 어떻게 하면 빠져나올 수 있을까? 부모님을 어떻게 대하는 것이 좋을까? 몇십 년 동안 만들어놓은 가족의 분위기와 역동을 바꾸기란 쉽지 않은 일이다. 그러나 변하지 않으면 이 가족은 더 큰 불행의 늪으로 빠질 뿐이다. 다행히 '변화'는 하기도 어렵지만 안 하기도 어려운 속성이 있다. 한강을 통째로 옮기는 것은 어렵지만 오늘 한강에 흐르는 물이 어제 흐른 물과는 다른 것과 같다. 변화는 불가피하게 늘 일어나고 있는 것이다. 가족의 구조를 바꿀 수는 없지만 서로에게 매일 주고받는 행동은 다르게 변화시킬 수 있다.

우선 부모님의 관계가 나쁜 상태에선 그가 선한 행동을 하고 좋은 마음을 가질 수 없기에 다소 인위적이라도 부모님의 사이가 좋다고 전제하기로 했다. 마치 최면을 걸듯 부모님의 부부관계에 대한 상을 바꿔놓았다. 아버지도 어머니도 행복한 사람이고 편안하게 살아가는 분들이라면? 만약 그렇다면 할 수 있는 행동은 무엇일까? 어머니가 어딜 함께 가자고 할 경우 시간이 되면 동행하지만 여의치 않다면 가볍게 거절하면 된다. 아버지에게도 어머니 눈치 보지 않고 다가가면 된다. 이렇게 사소한 행동을 바꾸고, 어머니의 슬픈 얼굴에도 심리적으로 흔들리지 말 것을 당부했다.

그는 어머니가 슬픈 감정을 내보일 때마다 생활이 힘들 정도로 크게 동요했다. 어머니도 자신의 요구를 거절하지 못하는 아들을 분리하지 못하고 성인이 된 지금도 힘들 때마다 감정을 쏟아내고 있었다. 어머니는 감정을 표현할 자유가 있고 또 스스로 해결할 능력도 있다. 아버지 역시 무능력자가 아니라 나름대로 삶을 살아가는 분으로 인정했다.

그가 서서히 '우리 가족은 불행하다'는 최면에서 벗어나자 그동안 볼 수 없었던 가족의 좋은 점이 보이기 시작했다. 좋은 점이 보이니 부모님을 대하는 행동도 부드럽고 너그러워졌다. 그리고 서서히 어머니의 흔들리는 감정에도 의연해졌다.

어머니 역시 아들의 변화를 받아들였다. 어머니는 아들에게 집착하기보다 자신의 취미나 친구관계를 더 챙기게 되었고 아버지역시 집에서 기죽어 있는 모습을 보이지 않게 되었다. 모든 변화의 시작은 긍정적인 전제, 즉 변화에 대한 생각의 전환에서 비롯된다. 어느 날 한강에 맑은 물이 흐르게 되는 것처럼, 그의 가족도차츰 전체적인 변화를 만들어 나가게 된 것이다.

두 번째로
해야 하는 일。

    누구나 자신의 직업에서 도망치고 싶은 마음이 간절해지는 순
간이 있다. 상담실을 찾는 내담자가 바로 그랬다. 내담자는 남들
이 부러워하는 전문직을 가진 사십대 초반의 남자였다. 그러나 그
좋은 전문직도 지금은 아무 의미가 없다고 했다. 자신이 하는 일
에 염증을 느끼고 있지만 그래도 꾹 참으며 일하려니 삶에 낙이
없어지고 우울증이 점점 심해진다고 했다. 그 전문직을 갖기까지
각고의 노력과 힘든 과정을 이겨냈음에도 불구하고 이제는 그 직
업에서 환멸을 느끼며 벗어나고 싶다고 했다. 자신의 직업에 대한
애환을 차고 넘치도록 설명하는 그의 모습에서 벗어나고 싶은 간

절한 심정을 엿볼 수 있었다. 하지만 초등생 자녀들을 둔 가장으로서 가족부양의 책임이 있으니 쉽게 직업을 버릴 수도 없다고 했다. 자신이 결정할 수 없으니까 그 결정을 상담자가 해주길 바라는 듯했다. 그러나 상담자가 쉽게 '하라', '마라'를 결정할 수는 없었다.

우리는 함께 방법을 찾기로 했다. 우선 본인이 하고 싶은 일이 무엇이냐고 물으니 처음에는 아무것도 찾지 못했다. 그저 쉬고 싶다고만 하였다. 충분히 쉬고 난 다음에는 무엇을 하고 싶으냐고 물으니 한참 만에 '글쓰기'가 하고 싶다고 했다. 구체적으로는 소설을 쓰고 싶다며 습작도 하고 있다고 했다. 하지만 글쓰기는 마치 금지된 일을 하는 것처럼 늘 죄책감이 든다고 했다. 그래도 글을 쓸 때는 흥분되고 너무 재미있어 시간이 어떻게 가는지 모르겠다고 했다. 하지만 이내 그 일로는 돈도 벌 수 없을뿐더러 실력도 없어 아무도 읽어주지 않을 거라고 했다.

그는 자신에게 딜레마 상황을 만들고 있었다. 하고 싶은 일은 실력도 모자라고 돈벌이도 될 수 없고 실제 하고 있는 일은 능력을 갖추고 있고 돈도 잘 벌지만 하기 싫고…. 그래서 내담자는 둘 다 하지 못하고 고민에 빠져 있었다.

딜레마에서 벗어날 수 있는 길을 찾아야만 했다. 그는 하고 있는 일과 하고 싶은 일의 단점만 보고 있었다. 딜레마에서 벗어나려면 우선 이런 부정적인 사고에서 벗어나야 한다. 그렇다면 현재 직업과 글쓰기, 두 대안의 단점이 아닌 장점을 찾아보는 일이 필요했다. 하고 있는 현재 직업은 돈을 벌어주고, 하고 싶은 일인 글쓰기는 자신을 행복하게 만든다. 두 대안의 장점을 잘 연결시키면 두 마리 토끼를 한꺼번에 잡을 수도 있는 일이다.

내담자에게 우선 한 번도 해보지 않은 글쓰기 작업에 대해 생각을 모아보도록 하였다. 어떤 글을 쓰고 싶은지 물어보니 다양하게 살아가는 사람들의 모습을 소설로 쓰고 싶다고 했다. 그렇다면 다양한 사람들을 만나야 할 텐데 어디에서 만날 수 있겠느냐고 물어보니 좀처럼 생각이 나지 않는다고 했다. 혹시 현재 직업을 통해 만나는 사람들이 글쓰기에 도움이 되지 않을까 했더니 미처 생각지 못한 아이디어를 만난 듯 눈이 동그래졌다. 생각의 전환이 이루어지기 시작했다.

전에는 자신의 직업을 싫어하다 보니 직업을 통해 만나는 사람들도 싫었다. 그러나 이제는 모두 반가운 사람이 될 수 있을 것 같았다. 오히려 반대로 더 기다려지고 또 한 사람 한 사람의 삶을 더 잘 관찰하고 싶어졌다. 그들의 사고에 더 호기심이 생기고 그들의 감정을 공감하고 싶어졌다. 점차 하고 싶은 일과 현재 하고 있는 일이 연결되기 시작했다.

나는 누군가에게 들은 '정말 좋아하는 일은 두 번째로 해야 한다'는 이야기를 해주었다. 글쓰기가 재미있다면 본업이 아닌 부업으로 하는 것이 좋을 것 같다고 전했다. 실제로 어느 작가는 작가란 직업이 글만 안 쓰면 매우 좋은 직업이라고 하며 글 쓰는 고통을 표현했다. 그는 글쓰기를 두 번째로 하겠다고 유쾌한 표정으로 말했다. 환멸을 느꼈던 그의 직업은 두 번째로 좋아하는 글쓰기를 돕는 너무나 고마운 일이 되고 있었다.

지금 나에게 가장 가까운 사람도 첫 번째가 아닌, 두 번째의 위치로 옮겨놓으면 어떨까. 좋아하는 일처럼 인간관계도 적절한 거리두기가 필요하다. 울창한 숲에서 나무들은 일정한 거리를 두어야 건강하게 자란다. 소중하고 중요한 존재이기에 너무 가까이 다가가 고유의 영역까지 침범하면 그 관계는 망가지고 만다. 이 적절한 거리두기는 세상의 모든 관계에서 나를 지키는 힘이 되기도 한다.

내가 가장 좋아하는 사람, 내 곁에 있는 가장 가까운 사람과 일정한 거리를 두고 그 안에 '존중'의 가치를 불어넣자. 가장 가까이에 있기에 우리는 때로 거리두기에 실패해서 함부로 대하기도 하고, 무너진 기대로 더 큰 상처를 받는다. 조금 멀리 떨어져 있음으로 우리는 더 행복하고 건강한 관계를 만들어갈 수 있다.

좋아하는 일처럼
인간관계도 적절한 거리두기가 필요하다.
소중하고 중요한 존재이기에
너무 가까이 다가가 고유의 영역까지 침범하면
그 관계는 망가지고 만다.

옳고 그름보다
심리가 좋아하는 것.

지능이 높은 사람들에게서는 행복한 표정보다는 심각한 표정을 자주 보게 된다. 반대로 지능이 떨어지는 사람일수록 웃는 얼굴을 하고 있다. 우리가 생각하는 것과는 달리, 지적 능력이 행복과 연결되지는 않는 것이다. 똑똑함으로 행복을 찾지 못한다는 것은 참 아이러니하다. 상담을 통해 만나는 사람들의 탁월한 지적 능력이 문제 해결에 도움이 되기보다 오히려 문제를 더 힘들게 만드는 경우를 간혹 보게 된다.

내가 만난 가족 역시 부모를 비롯해서 자녀들 모두 똑똑하고 잘난 사람들이었다. 칠십대 초반의 부모는 둘 다 대학을 졸업한

엘리트였고, 사업도 성공해서 여유로운 삶을 살고 있었다. 삼십대의 삼남매 역시 좋은 대학을 졸업하고, 사회적으로 인정받는 직업을 가지고 있었다. 그러나 그 가족은 불행했다. 남들은 그들의 불행을 알 수 없었다. 밖으로 드러나 보이는 높은 학력과 사회적 지위, 그리고 경제력은 모자람이 없었지만 눈에 보이지 않는 그 무엇인가는 심각한 결핍상태였다. 가족들은 늘 서로의 잘잘못에 대해 치열한 논쟁을 벌였다. 논쟁의 시발점은 부모의 부부싸움이었다. 부부는 상대보다 자신의 판단이 더 옳다는 확신 아래 서로를 인정하지 않았다. 의견 차이는 비난과 방어로 이어져 큰소리가 났고 싸움이 되었다. 언젠가부터 부부싸움은 자녀들이 합세해 가족싸움으로 변질됐다.

그런 그들이 상담을 요청하게 된 것은 부모가 황혼이혼을 결심했기 때문이었다. 부부는 서로 마음이 맞지 않았다. 밖에 나가면 모든 사람들에게 인정을 받는데, 유독 배우자에게는 무시받는다는 점에서만은 부부가 한마음이었다. 노부부에게는 이런 결혼생활이 끝이 보이지 않는 고통이었고 불행이라고 생각되어 이혼을 고려하게 된 것이다. 그러나 자녀들은 부모의 이혼을 결사반대했고 부모의 잘못된 결정을 비난하고 다그쳤다. 가족들은 모두 각자

소리만 지르고 있을 뿐, 아무런 해결책을 찾지 못하고 있었다.

이 똑똑한 가족이 상담을 결심한 것은 엄청난 용기였고 대단한 겸손이기도 했다. 상담실에 들어선 그들의 표정은 매우 경직돼 있었다. 한 사람이 이야기를 시작하면 다른 사람이 바로 그에 대한 논박을 하면서 순식간에 큰소리가 나는 싸움으로 번졌다.

가장 화를 내고 있는 사람은 아버지였다. 그는 가족이 자신을 상담실까지 끌고 온 것에 대해서 마음이 많이 상해 있었다. 가족을 위해 평생을 바쳐 헌신하며 편안하게 살게 해놓았더니 이제 와서 자신이 너무 독선적이었다고 몰아세우는 가족에게 단단히 화가 나 있었다. 자신이 무릎을 꿇고 가족에게 사과라도 하라는 거냐고 소리를 질렀다. 그러고는 상담자인 내게 누가 옳은지를 가려 달라고 요구했다.

상담에서 잘잘못을 따지는 것은 아무런 의미가 없다. 심리의 패러다임은 논리도 윤리도 아니기 때문이다. 심리의 차원에서 보면 모든 사람은 옳다. 아버지는 아버지 나름대로 옳고, 어머니는 어머니 나름으로 옳다. 자녀들도 역시 옳다. 중요한 것은 다양한 옳음이 동시에 존재한다는 것이다. 비록 그 동시성이 모순을 보일지라도 말이다. 심리 상담을 통해 가족이 찾아야 하는 것은 옳고 그름에 대한 판단이 아니라 바로 '행복'이다. 행복은 논리보다 심리로 찾는 것이 현명하다. 그렇기 때문에 가족의 이야기는 심리의 차원에서 귀담아 들어야 한다. 인간의 마음은 공감과 존중, 수용을 가장 좋아하기 때문이다.

가족 안에서 존중받지 못하고 공감받지 못하면 마음의 상처를 안게 될 수밖에 없다. 마음을 표현하는 방법을 모르는 가족은 지적 사고 과정을 통해 마음의 상처를 논리와 윤리로 전환한다. 논리와 윤리를 통해 간접적으로 표현된 감정은 알아차리기도 어렵고 공감은 더더군다나 어렵다. 이 가족은 단지 외적으로 표현된 논리와 윤리만 가지고 해결책을 구하려 했고 비생산적인 대화만 반복하고 있었다. 행복한 해결책은 심리가 좋아하는 것을 충족시켜야 나오는 것이기에 심리를 들여다보지 않으면 결코 찾을 수가 없다.

근본적인 해결책을 찾기 위해서 각자 자신의 이야기를 쏟아내기보다는 상대방의 마음에 공감하는 시간이 필요했다. 나는 가족이 차례로 돌아가면서 공평하게 이야기하도록 하고, 한 사람씩 이야기할 때마다 다른 가족들은 귀 기울여 들어야 하는 규칙을 세웠다. 반드시 이 규칙이 지켜져야 상담을 진행할 수 있다고 못을 박왔다.

상담이 다시 시작되면서 나는 그들의 이야기에 귀 기울였고 이야기를 더 잘 이해하기 위해서 질문을 던지기도 했다. 가족들은 차츰 말의 속도가 느려지고 목소리가 차분해졌다. 나의 공감과 끄덕임은 가족들에게도 전염되는 것 같았다.

아내는 남편이 여자가 뭘 나서냐는 말에 항상 화가 난다고 했다. 자신도 대학까지 나온 배울 만큼 배운 엘리트인데 남편이 간혹 던지는 이 말은 자신을 무시하는 말로 들렸기 때문이다. 하지만 남편은 자신이 모든 것을 책임져야 한다는 생각으로 늘 긴장하고 힘겨웠는데 아내가 끼어들 때마다 자신이 제대로 못하고 있다고 질책하는 것으로 느껴졌다고 했다. 마음의 본질은 부부는 서로에게 인정받고 싶었고 칭찬을 듣고 싶었던 것이다.

"왜 그토록 화가 날까요? 화가 나는 이유를 생각해보셨어요?"

"글쎄요. 가장 싫었던 것은 무시받는 느낌이었어요."

"그럼 어떤 말이 듣고 싶으셨어요?"

"당신 말도 옳네, 그럴 수도 있겠다….."

서로가 느끼는 화의 본질을 욕구로 일깨우고 전환시키자 부부는 이제야 자신의 마음을 알아주어 고맙다고 했다. 인정에 목마른 부부는 자녀들에게도 칭찬에 인색했다. 자녀들은 칭찬을 듣고 싶어 잘하려 애썼고 덕분에 좋은 대학과 좋은 직장에 들어갈 수 있었지만 정작 듣고 싶었던 부모로부터의 칭찬은 단 한 번도 듣지 못했다. 그럴수록 자녀들은 더 좋은 성과를 보이려고 허둥대는 삶을 살고 있었고 그런 삶에 서서히 지쳐가고 있었다. 우리는 이런 이야기를 아주 천천히 그러나 차근차근 나누었다. 그들은 경청과 끄덕임을 통해 존중과 수용을 경험하고 있었다. 가족들의 표정에서 조금씩 부드러움과 너그러움이 엿보이고 있었다. 심리가 좋아하는 것들로 충족되고 있었기 때문이다.

오랜 상담이 끝날 때쯤 가족들은 더 이상 독선적인 사람들이 아니었다. 상담이 끝나자 처음 봤을 땐 단단히 화가 나 있던 아버지는 너그러운 표정으로 변해 있었다. 가족은 아버지가 이렇게 따뜻한 마음의 소유자라는 것을 모처럼만에 깨달은 듯했다. 어머니는 이제 사랑받는 아내의 얼굴을 하고 있었고 자녀들 역시 가족을 보는 눈길이 한결 부드러웠다.

나만 옳은 것이 아니라 상대도 옳다는 것을 인정하는 것이 진정 행복의 지름길이란 것을 증명하는 순간이었다.

상담을 할 때 별다른 이야기 없이 "그럴 수 있죠" 하며 그저 고개를 끄덕이며 상대방의 이야기를 들어주었을 뿐인데도 마음을 여는 경우가 많다. 얼음장 같은 표정을 짓고 상담실을 찾아온 내담자가 상담 중 내가 보낸 따뜻한 시선에 눈물을 왈칵 흘리기도 한다. 그만큼 공감은 마음을 여는 최고의 힘이다. 풀리지 않는 관계, 막막하게 평행선을 달리는 대화 속에서 잠시 쉼표를 찍어보는 것은 필요하다. 그리고 그저 논리가 아닌 심리가 좋아하는 언어를 사용하자. 옳고 그름보다 중요한 것은 조건 없는 공감과 받아들임이다.

꽤 괜찮은
나를 발견하다.

가족상담연구소이긴 하지만 연애상담을 하러 오는 내담자들도
꽤 있다. 특히 연애하는 사람과 결혼까지 생각했다가 깨지는 경우
에는 심리적 타격이 크기 때문에 상담실을 찾아오게 된다.

상담실을 찾아온 삼십대 중반의 남자는 평범한 인상이었다. 하
지만 힘없이 처진 어깨와 어두운 목소리, 그늘진 표정에서 우울함
과 자신감 없는 모습이 역력히 드러났다. 그 남자는 오래도록 사
귄 여성이 최근 일방적으로 결별을 통보하고 떠났다고 하소연했
다. 그녀와 결혼까지 생각하고 있었는데 이런 황망한 이별 통보가
도저히 믿기지 않고 받아들이기 힘들다고 했다. 이로 인해 극심한

불면증을 겪고 있고, 자신감마저 잃어 모든 일에 제대로 집중할 수 없다고 털어놨다.

그는 사실 몇 달 전부터 여자친구의 마음이 예전과 다름을 감지했다. 그래서 "이젠 나를 사랑하지 않는 거냐"고 물어보기도 했는데, 여자친구가 아니라고 하기에 그 말을 믿었다고 했다. 그동안 변변한 연애를 해본 적이 없던 남자는 친구를 통해 소개받은 여자친구와 처음으로 길게 연애를 했다. 여자친구는 남들의 시선을 끌 정도로 매력적인 외모를 지녔고, 밝고 자신감 넘치는 외향적인 성격의 소유자였다. 게다가 연애하는 동안 여자친구는 남자가 스스로에게 상당히 매력적이고 좋은 사람이라는 인상을 가질 수 있도록 자신감을 심어주었다고 했다. 덕분에 그는 자존감이 올라가는 것을 느꼈다. 그런데도 남자는 여자친구 앞에서 충분히 당당할 수 없었다. 항상 여자친구가 다른 남자를 좋아하게 될까 봐 전전긍긍했고, 주변의 다른 남성들과 자신을 비교하면서 질투심을 느꼈다는 것이다.

꽤 오래 연애를 이어왔는데 이별하게 됐으니 그의 슬픔과 절망감은 매우 깊어 보였다. 그는 "이제 난 아무 가치도 없고, 살아갈 낙이 없다"며 끝없는 우울로 빠져들고 있었다.

상담자인 나는 그에게 "애인이 떠나서 잃은 게 무엇이냐?"고 물었다. 그는 바로 답을 하지 못했다. 그는 모든 것을 잃었다고 생각했지만 막상 무엇을 잃었는지 따져보니 여자친구만 곁에 없을 뿐 자신은 그대로이며 주변 환경도 그대로인 것을 깨닫게 되었다.

그가 고민하는 문제를 해결하기 위해 우리는 함께 그의 자원과 능력을 먼저 찾아보았다. 그는 내성적이고 자신감이 낮은 편이었지만 무난한 생활을 하고 있었다. 문제는 자신의 부족한 부분에 너무 집중한 탓에 여자친구와 행복한 순간에도 그 감정을 만끽할 수 없었던 것이다. 행복감에 빠져 있기보다 여자친구가 떠날까 봐 불안하고 초조해했으며, 다른 남성들을 질투했다. 그는 사랑하는 순간에도 행복의 감정을 믿지 못했다. 그뿐 아니라 여자친구의 마음이 변하고 있을 때 자신이 느꼈던 불편한 감정도 믿지 않았다. 그렇기 때문에 사랑이 식어가는 것을 감지하면서도 여자친구가 "아니다"라고 한 말을 더 믿었다. 그러고선 어느 날 갑자기 여자친구가 자신을 배신했다고 생각한 것이다.

자신감이 없는 사람들은 무의식중에 자신에게도, 상대에게도 이렇게 비겁한 모습을 보이게 된다. 특히 자신감이 없는 사람들의 특징은 자신의 감정을 믿지 못한다는 것이다. 불편함을 느낄 상황에서도 괜찮다고 하거나 남에게 무시당하고 있어도 이에 대한 반발을 하지 못한다. 그저 착하고 무난하게 굴어야 남들이 자신을 수용해줄 거라는 생각에 자신의 모든 감정들을 부인하거나 억압한다.

내담자인 남자는 초기에는 여자친구가 자신을 떠났지만 여자친구를 이해한다는 표현을 많이 했다. 이해는 인지적 차원이다. 감정적 차원에서는 전혀 다른 일이 벌어지고 있지만 감정을 들여다보는 일은 매우 미숙한 상태였다.

상담을 통해 나는 그를 감정의 세계로 안내했다. 여자친구가 떠나고 나서 얼마나 허전하고 외로운지, 버림받는 느낌을 얼마나 견딜 수 없는지 우리는 그의 감정을 아주 천천히 짚어 나갔다.

"여자친구를 생각하면 어떤 감정이 드나요?"

"괜찮아요."

"괜찮은 건 어떤 감정일까요? 무거운 감정인가요? 가벼운 감정인가요?"

"좀 무거워요."

"그럼 괜찮은 게 아니라 마음이 많이 무거운 거네요."

"네. 그렇지만 이해해요."

"네, '이해한다'고 하고 나면 어떤 느낌이 드시나요?"

"좀 답답해져요."

"이해가 오히려 답답함을 느끼게 하는 거네요. 어떻게 하면 덜 답답할까요?"

"될진 모르지만 여자친구 원망을 실컷 했으면 될 거 같기도 해요. 그러나 원망한들 뭐가 바뀌겠어요?"

"원망스런 감정을 표현해보지요. 한번 해보세요."

"…"

그는 감정을 이야기하는 것이 무슨 의미가 있느냐고 되물었다. 그러면서 앞으로 어떻게 해야 하는지 해결에만 급급해하는 그를 붙잡고 감정을 하나씩 점검해 나갔다. 그 작업은 마치 어린 아가의 첫 걸음마를 돕는 것처럼 수없이 엉덩방아를 찧고 또 다시 시도하는 연습 과정과 같았다.

반 년 정도의 상담이 진행된 후에 그는 자신의 장점이나 매력을 좀 더 편안하게 받아들일 수 있었으며 생각과 감정의 균형을 찾을 수 있었다. 그가 상담 과정에서 보여준 가장 큰 장점과 자원은 길고 지난한 미지의 상담 과정을 믿고 따라와준 점이다.

상담이 끝날 무렵 그는 자신의 감정을 좀 더 자신 있게 표현하게 되었고 이제 새로운 여자친구를 만나게 되면 자신의 솔직한 감정을 꼭 표현해보겠다며 기대를 내비쳤다. 그는 자신이 생각한 것보다 훨씬 매력적인 사람이었다. 상담자 또한 그가 자신이 가진 매력을 충분히 보여줄 수 있으리라는 믿음이 생겼다. 자신을 이해하고 사랑하게 되면 삶은 훨씬 더 풍성해진다. 상담은 그 과정을 통해 또 하나의 나를 발견하는 시간이기도 하다.

우리 참 많이도 닮았다

ⓒ이남옥 2018

1판 1쇄	2018년 12월 12일
1판 3쇄	2022년 5월 16일

지은이	이남옥
펴낸이	김정순
책임편집	배경란
일러스트	김수진
디자인	김수진
마케팅	이보민 양혜림 이다영

펴낸곳	(주)북하우스 퍼블리셔스
출판등록	1997년 9월 23일 제406-2003-055호
주소	04043 서울시 마포구 양화로 12길 16-9(서교동 북앤빌딩)

전자우편	editor@bookhouse.co.kr
홈페이지	www.bookhouse.co.kr
전화번호	02-3144-3123
팩스	02-3144-3121

ISBN	978-89-5605-991-4 03810